Das Buch

Wenn ein Gedicht von Selbstmördern in heruntergekommenen Löchern handelt, von Verlierertypen, von dreckiger Arbeit, verlorenen Pferdewetten, Suff, Sex und öden Hotelzimmern und sich sonst eher zart besaitete Leser dieser Lyrik trotzdem nicht zu entziehen vermögen, weil sie treffend, amüsant und zugleich anrührend ist – dann stammt das Gedicht mit an Sicherheit grenzender Wahrscheinlichkeit von Bukowski. Und es gibt inzwischen eine ganze Menge davon. »Erstaunlicherweise«, schreibt Karl Corino in der ›Stuttgarter Zeitung‹, »ist sein Reservoir nach rund vierzig Büchern noch immer nicht leer. Er kann es sich leisten, mit der Langeweile zu kokettieren, die die ewige Wiederkehr der immer gleichen Themen verursache – ›Weißt du, du solltest / aufhören mit diesen / Gedichten vom Rennplatz‹ –, und ihr dann neue Kurzweil abgewinnen. ›Sein Lied ist drehend wie das Sternengewölbe‹, könnte man blasphemisch den ›West-östlichen Divan‹ zitieren, aber es ist ein Himmel, an dem Totalisatorscheine, Whiskyflaschen, Unterhosen, Schallplatten und vieles andere in buntem Wechsel durcheinanderwirbeln.«

Der Autor

Charles Bukowski, am 16. August 1920 in Andernach geboren, seit dem 2. Lebensjahr Einwohner von Los Angeles, begann nach wechselnden Jobs als Tankwart, Schlachthof- und Hafenarbeiter und natürlich Postmann mit 35 Jahren zu schreiben. Einige Werke: ›Aufzeichnungen eines Außenseiters‹ (dt. 1970), ›Das ausbruchsichere Paradies. Stories vom verschütteten Leben‹ (dt. 1973), ›Der Mann mit der Ledertasche‹ (dt. 1974), ›Kaputt in Hollywood – und andere Stories vom täglichen Wahnsinn‹ (dt. 1976), ›Faktotum‹ (dt. 1977), ›Western Avenue. Gedichte aus über 20 Jahren‹ (dt. 1979), ›Das Liebesleben der Hyäne‹ (dt. 1980), ›Das Schlimmste kommt noch oder Fast eine Jugend‹ (dt. 1983), ›Gedichte vom südlichen Ende der Couch‹ (dt. 1984), ›Nicht mit sechzig, Honey‹ (dt. 1986).

Charles Bukowski:
Flinke Killer
Gedichte

Herausgegeben und ins Deutsche
übertragen von Carl Weissner
Mit Illustrationen von Janosch

Deutscher
Taschenbuch
Verlag

Von Charles Bukowski
sind im Deutschen Taschenbuch Verlag erschienen:
Gedichte die einer schrieb bevor er im 8. Stockwerk
aus dem Fenster sprang (1653)
Faktotum (10104)
Pittsburgh Phil & Co. (10156)
Ein Profi (10188)
Eintritt frei (10234)
Der größte Verlierer der Welt (10267)
Diesseits und jenseits vom Mittelstreifen (10332)
Der Mann mit der Ledertasche (10410)
Das Schlimmste kommt noch (10538)
Gedichte vom südlichen Ende der Couch (10581)

Juni 1987
Deutscher Taschenbuch Verlag GmbH & Co. KG,
München
© 1963, 1965, 1966, 1968, 1969, 1972, 1973 Charles Bukowski
© 1983 der deutschsprachigen Ausgabe:
Deutscher Taschenbuch Verlag GmbH & Co. KG, München
Neu durchgesehene und erweiterte Fassung der deutschen Erstausgabe,
erschienen 1977 in der PALMENPRESSE, Köln. Ein Teil der Gedichte ist
folgenden amerikanischen Originalausgaben entnommen: ›The days run
away like wild horses over the hills‹; ›Mockingbird wish me luck‹; ›While
the music played‹ (Black Sparrow Press, Los Angeles 1969, 1972, 1973)
und ›A Bukowski Sampler‹ (Druid Books, Madison/Wisconsin 1971).
Alle übrigen erschienen zwischen 1963 und 1968 in Zeitschriften und
Kleinverlagen der Alternativpresse in den USA, Mexiko, Kanada und
England.
Umschlaggestaltung: Celestino Piatti
Umschlagbild: Janosch
Gesamtherstellung: C. H. Beck'sche Buchdruckerei,
Nördlingen
Printed in Germany · ISBN 3-423-10759-6

Charles Bukowski

Inhalt

Einmarsch

Sie kamen aus dem Norden,
durch St. Paul, St. Louis,
Alabama, Memphis, New Orleans,
in Marschordnung kamen sie
angewalzt, durch Ballons und
Popcorn, vorbei an Drugstores
und Blondinen und flüchtenden
Katzen, ihr Gleichschritt
vertrieb die Ziegen und die
Kids von den Feldern, dröhnte
durch die Schädel der Kranken
in ihren verschwitzten Betten,
und unten im Keller zog ich
den Colt, hieb ein Loch ins
Fliegengitter, um bessere
Sicht zu haben, und als
die Beine vorbeikamen,
ballerte ich los. Ich
erwischte einen Colonel,
einen Major und drei Leutnants,
ehe die Kapelle das Trompeten
einstellte, jetzt ist die
Hölle los, der Krieg fängt
wieder von vorne an, Uniformen
überall, hinter Wagen und Gebüsch,
und plang plang plang, mein Keller
ein einziges Feuerwerk, ich
feuere zurück, der Colt so heiß wie
eine gebackene Kartoffel, ich feuere
was das Zeug hält und singe,
singe: »Mine eyes have seen the glory
of the coming of the Lord – He is
tramping out the vintage ...«

Arbeitsloses Pack

Wir liebten uns in diesem
Hotelzimmer, die Morgensonne
schien durchs Fenster herein,
unten in der Gasse suchten
ein paar arme Hunde nach
Pfandflaschen, der Teppich
auf dem wir lagen, war so
rot wie unser Blut oder noch
mehr, wir liebten uns im
warmen Licht der Sonnen-
strahlen, während sie
draußen irgendwo Zeitungen
verkauften und Cadillacs,
wir liebten uns neben einem
Foto von Paris und einer
offenen Packung Chesterfields
während die anderen armen
Irren alle schufteten.

Es ist Jahre her, doch in
meiner Erinnerung ist es wie
gestern. Es gibt so viele
Tage, wo das Leben stehen-
bleibt und müde wird, dasitzt
und wartet wie ein Zug auf
dem Nebengleis. Ich komme
täglich zweimal an dem Hotel
vorbei, morgens um acht und
abends um fünf, es sind
immer noch Katzen in der
Gasse und leere Flaschen und
arme Hunde, ich sehe zu dem
Fenster hinauf und denke:
Ich weiß nicht mehr, wo du
bist. Und frage mich im

Weitergehen, wohin das Leben
geht, wenn es am Ende ist.

Totensonntag in der alten Pension

Ich schaffte zweimal am Tag
die leeren Flaschen hinten
raus, doch die Kids aus der
Nachbarschaft warfen sie
fast noch schneller an die
Wand, als wir sie austrinken
konnten. Gegen Abend starb
der alte Mr. Sturgeon, und
als sie ihn die Treppe
heruntertrugen, stand ich da
und hatte nur meine Unterhose
an. Die Ratten hüpften hinter
ihm her, ihre Hinterteile in
der Luft so schön wie die
von jungen beschwipsten Nutten.
Ich starrte aus dem Fenster,
auf die Ampel an der Kreuzung,
und bald kamen Leute herein
und redeten von Tod, und ich
sah die ganze Zeit auf eine
riesige angestrahlte Plakatwand
mit einer Bierreklame. Gegen
Morgen, draußen war es noch
dunkel, machten wir die
Lichter aus, jemand zündete
sich eine Zigarette an, wir
sahen auf die Streichholz-
flamme, sie wärmte das ganze
Zimmer, verbreitete einen
sanften warmen Schimmer auf
den Wänden, und ich hörte
Stimmen von Ertrunkenen in
meinem Kopf, die sagten:
Du hast es gut, du hast
immer noch dein Zimmer, in

»Gegen Abend starb der alte Mr. Sturgeon ...«

den Schubladen liegen deine
Sachen, und Mrs. McDonald
wartet schon seit einer
Woche auf die Miete.

Das war alles, was sie
sagten. Nach einer Weile
ging einer los, um noch
eine Flasche zu holen, und
jeder dachte wieder daran,
wie es weitergehen sollte.
Die Ampel schaltete weiter
auf Rot und Gelb und Grün.

Über die Straße

Mein Gott, die Asphalt-
vögel geplättet von guß-
eisernen Mauleseln, Elmsfeuer
an meinen Händen setzen
das dürre Gras in Brand
bis ich schwarz bin von
Zementstaub und Ruß,
der Wind pfeift unter den
Blechsärgen durch –
gibt das einen Sinn?
Ich gehe nach Norden,
teste Entfernungen mit
dem ganzen Körper,
nicht mutig im Scheinwerfer-
licht, sondern wie etwas
Baufälliges, das sich
wehrt gegen den Ruin.
Ich warte an der Ampel,
gehe los, als es Grün wird,
als enthalte all dieses
Gewese und Geschiebe
in Raum und Zeit einen
tieferen Sinn, wie
Aprikosen oder Bilder
von Völkerschlachten
in einem Schulbuch,
und so überquere ich
endlich die Straße.

Flucht nach vorn

Am Zaun neben der Eisdiele lag
ein loses Brett, ich hob es auf
und begann zu graben, die Erde
war weich und voll von Würmern,
bald stand ich bis zu den Hüften
drin, Neugierige fanden sich ein,
wichen zurück vor den lehmigen
Klumpen, die ich auswarf, und
als die Polizei kam, verschwand
schon mein Kopf in der Grube,
kleine Taschenratten rissen
vor mir aus, ich schreckte
Aale aus dem Winterschlaf,
förderte Stücke von Totenschädeln
mit goldenen Einlegearbeiten
zutage, und sie fragten mich:
»Was suchen Sie da? Eine Ölquelle?
Einen Schatz? Wollen Sie nach
China durch? Oder haben Sie
Ihre Schlüssel verloren?«
Kleine Mädchen spähten über
den Rand der Grube, ihre Eiskrem
tropfte zur mir herunter in die
Finsternis, ein Psychiater kam,
ein College-Professor, eine Filmschauspielerin im Bikini, ein
russischer Spion und ein fran-
zösischer Spion und einer vom
britischen Geheimdienst, ein
Theaterkritiker, ein Gerichts-
vollzieher und eine ehemalige
Freundin von mir, und alle
wollten wissen, nach was ich
da suche. Es begann zu regnen,
Atom-U-Boote änderten den Kurs,

»Kleine Mädchen spähten über den Rand der Grube ... eine Filmschauspielerin im Bikini ...«

Tuesday Weld verkroch sich unter
einer Zeitung, Jean-Paul Sartre
wälzte sich unruhig im Schlaf,
und mein Loch füllte sich mit
Wasser. Ich stieg heraus,
schwarz wie Afrika, versprühte
Sternschnuppen und Grab-
inschriften, meine Taschen voll
Regenwürmer, und sie schafften
mich in ihr Gefängnis, verpaßten
mir eine Dusche und eine ihrer
besten Einzelzellen, mietfrei,
und draußen stehen sie noch
immer mit Transparenten und
demonstrieren für mich, ich habe
Verträge für Fernseh-Auftritte,
für ein Buch und eine Gastkolumne
in der Lokalzeitung, ich soll
für allerhand Produkte werben,
ich habe genug Geld, um mehrere
Jahre in den besten Hotels
wohnen zu können, aber sobald ich
hier rauskomme, werde ich zum
nächsten losen Brett greifen und
wieder graben, graben, graben,
und diesmal werde ich nicht
aufhören, ob Sonne, Regen oder
Bikini. Die Reporter löchern
mich immer noch mit Fragen –
»Warum haben Sie es gemacht? Was
steckt dahinter?« Doch alles, was
sie von mir bekommen, ist ein
stilles Lächeln, während ich
meiner Zigarette Feuer gebe.

Nummer sechs

Ich werde es mit
der Nr. 6 versuchen,
es ist ein regnerischer
Nachmittag, ich habe
einen Pappbecher voll
Kaffee in der Hand und
noch ein bißchen was
vor mir, der Wind
weht kleine Zaunkönige
unter dem Dach der Haupt-
tribüne heraus, die Jockeys
reiten auf die Bahn zum
fünften Rennen, Stille im
weiten Rund, der leichte
Regen macht fast alles
gleich. Die Pferde sind
ruhig, sehen gelassen
dem Kriegsgeschrei der
betrunkenen Menge ent-
gegen, ich stehe unter der
Tribüne, taste meine
Taschen nach Zigaretten ab
und begnüge mich schließlich
mit einem weiteren Kaffee.
Dann kommen die Pferde
vorbei, verschwinden
mit ihren kleinen Reitern,
ein Gefühl der Erleichterung
wie nach einem Begräbnis,
es stimmt einen froh
wie das Aufgehen
von Blüten.

Die Tragödie der Blätter

Als ich aufwachte, war alles
verdorrt, die Farne waren tot,
die Topfpflanzen gelb wie Stroh;
meine Frau war fort, und die leeren
Flaschen, wie ausgeblutete Leichen,
umgaben mich mit ihrer Sinnlosigkeit;
aber die Sonne tat immer noch gut
und der Zettel mit der Mahnung meiner
Zimmerwirtin war so gelb und
zerknittert wie jedesmal. Was jetzt
fehlte, war ein guter Komiker
vom alten Schrot und Korn, ein
Spaßmacher mit Witzen über absurde
Schmerzen – »Schmerzen sind schon
deshalb absurd, weil es sie gibt,
weiter nichts.«
Ich rasierte mich vorsichtig mit
einer alten Klinge – der Mann,
der einmal jung gewesen war und
angeblich ein Talent – doch das
ist die Tragödie der Blätter,
der toten Farne, der toten Pflanzen;
und ich ging hinaus in den dunklen
Flur, wo meine Wirtin stand, ver-
biestert und zu allem entschlossen,
und mich zum Teufel wünschte,
mit ihren fetten verschwitzten Armen
fuchtelte und keifend die Miete
verlangte, denn die Welt
hatte uns beide
beschissen.

Ein Cowboy der Apokalypse

In den Stiefeln zu sterben
während man ein letztes
Gedicht schreibt, ist
nicht so glorreich
wie hoch zu Roß den
Broadway hinunter zu
reiten mit einer Stange
Dynamit zwischen den
Zähnen, aber die Gesamtheit
aller Planeten, die der
Mensch geortet und benannt
hat, ist auch nicht viel
erhebender, und das Pferd
war ein Grauschimmel, der
Mann hieß Sanchez oder
Kandinsky, die Temperatur
betrug 25 Grad im Schatten
und die Kids rannten
hinter ihm her und
schrien: Hog, Hog,
wir haben es satt,
jag uns in die Luft!

Mal relaxen können wie eine Maus in der Falle

In den meisten Fällen
enden wir als senile
gutmütige Narren, hin
und her geschoben von
einer rosigen Kranken-
schwester, die uns an-
blafft, weil die
Bettpfanne wieder rand-
voll ist.
Es sei denn, es nimmt
ein gewaltsames Ende –
ein Finish, in dem
noch einmal alles an uns
vorüberzuckt: Mahagoni-
farbene Sonnenstrahlen,
Girls am Strand, Platt-
füße, Haarschnitte,
rasselnde Wecker, ein
rasender Puls.
Egal wie, es kommt nie
richtig zusammen.
Ich gehe in Bars, durch
leere schmale Seiten-
straßen, ins Wettbüro,
frage mich, was ich
eigentlich will, und
denke wehmütig an
Urwälder voll Kletter-
pflanzen und ähnliche
Dinge, z.B. an Mäuse
die sich mit den Vorder-
pfoten die Nase putzen.
Ich sehe mir die Leute an,
aber sie sind alle
beschäftigt mit Dingen,

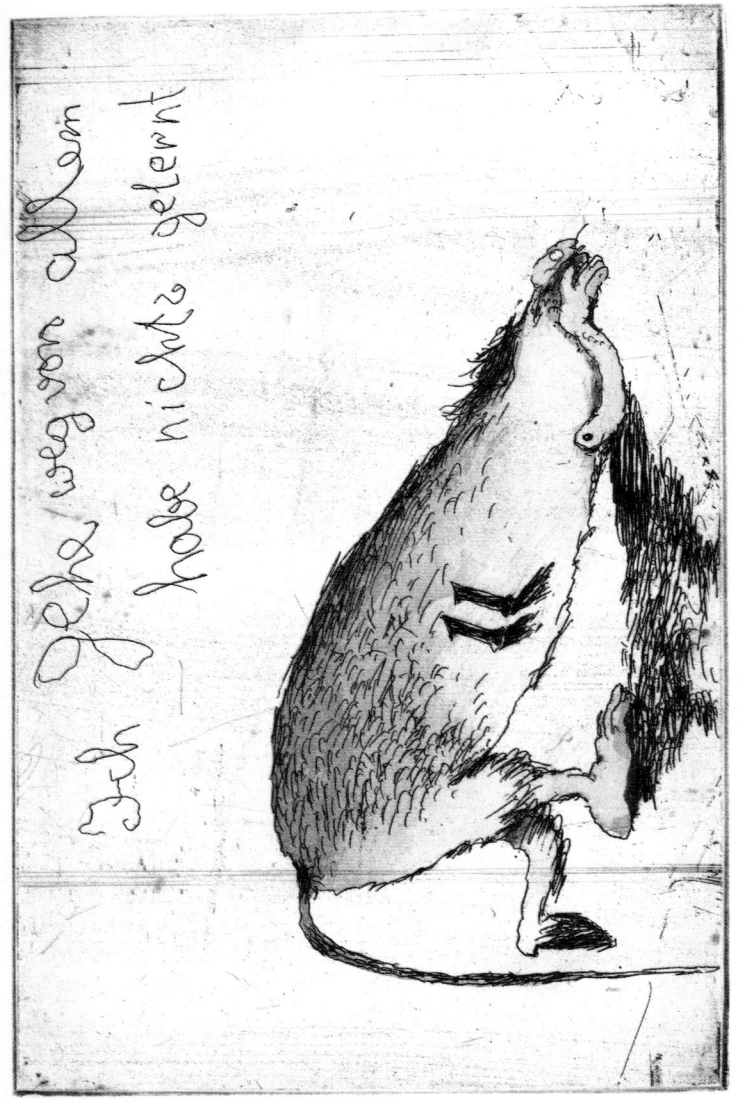

»Ich gehe weg von allem, habe nichts gelernt …«

die ein Spinner wie ich
für Unfug hält: Ein Haus
abstottern, von da nach
dort kommen, Geld verdienen
und darüber reden.
Das einzige, wovon man
etwas hat, ist wahrscheinlich
rücksichtslos zu schlafen,
aber auch das geht nicht
lange genug gut – überall
werfen sie Preßlufthämmer an,
die Kirchenglocken juckt der
Schweiß der Beter, die Bienen
stechen, die Fenster gleißen,
Boote kentern und verfüttern
ihren Inhalt an die Haie, nur
Kanonen schlafen ungestört
in Museen. Ich gehe weg von
allem, habe nichts gelernt,
weiß jeden Tag weniger, meine
Hände werden magnetisch ange-
zogen von meiner Kehle,
meine Füße tragen mich voran
wie bewußtlose tierische
Extremitäten, in Gegenden
hinein, wo es schimmelt und
gärt, in eine behagliche
Hölle, voll von Grünzeug,
Ranken und Lianen, und dafür
danke ich ihnen auf den Knien.

Eine Anzeige im Philadelphia Inquirer

Es war in Philly, und der Barkeeper
sagte: Was solls sein? Und ich sagte:
Gib mir eins vom Faß, Jim, muß meine
Nerven in Form bringen, ich geh mir
'n Job ansehen.
Du? sagte er. Einen Job?
Yeah, Jim. Ich hab was in der Zeitung
gesehen. Keine Vorkenntnisse nötig.
Teufel nochmal, sagte er, du willst
doch keinen Job.
Und ich sagte: Teufel nochmal, nee,
aber ich brauch Geld.
Ich trank mein Bier aus und stieg
in den Bus, sah mir die Hausnummern an,
bald gings auf die richtige Nummer zu
und dann war ich da, ich zog an der
Schnur, der Bus hielt, und ich
stieg aus.
Es war ein großes Gebäude, aus Wellblech,
die Schiebetür steckte im Dreck fest.
Ich schob sie zurück und ging rein.
Es gab keinen Fußboden, nur noch mehr
Dreck, weich und naß, es stank
und man hörte Geräusche, als würde etwas
mitten durchgesägt und als würden
irgendwo Löcher reingebohrt, es war
dunkel, Männer gingen über mir auf
Eisenträgern, Männer schoben Loren
durch die Halle, Männer saßen an
Maschinen und machten irgendwas, und
Blitze zuckten und Donner krachte
und plötzlich kam ein Faß voll Flammen
angeschwebt, direkt auf meinen Kopf zu,
das röhrte und brodelte da drin, es hing
freischwebend an einer Kette und kam

direkt auf mich zu, und jemand brüllte
HEY, PASS AUF! Ich duckte mich
gerade noch drunter weg, spürte
wie es heiß über mich wegsauste
und jemand fragte: WAS WILLST DU?
Und ich sagte: WO IST HIER DAS
SCHEISSHAUS?
Man sagte es mir, und ich ging
rein.
Als ich wieder herauskam, sah ich
ihre Gestalten, die sich schemenhaft
durch Flammen und Getöse bewegten,
ich ging zur Tür, und dann war ich
draußen und fuhr mit dem Bus
zurück zur Bar, setzte mich hin
und bestellte mir wieder eins vom
Faß, und Jim fragte: Was war los?
Ich sagte: Die wollten mich nicht.
Dann kam diese Nutte rein und
setzte sich an einen Tisch, und alle
sahen zu ihr rüber, sie sah auch
gut aus, und ich erinnere mich,
das war das erste Mal in meinem Leben
daß ich mir beinahe wünschte, eine
Muschi und einen Kitzler zu haben
statt der Sachen, die ich hatte, aber
nach zwei oder drei Tagen war ich
drüber weg und las wieder
die Stellenangebote.

Schlafende Frau

Es ist Nacht, ich sitze im
Bett und höre zu, wie du
schnarchst. Wir haben uns
in einem Busbahnhof getroffen
und jetzt bewundere ich deinen
Rücken, die blasse Haut mit
Sommersprossen, während das Licht
das unlösbare Leid der Welt
ablegt auf deinen Schlaf. Deine
Füße kann ich nicht sehen, aber
ich stelle mir vor, daß es
ganz reizende Füße sind.
Zu wem gehörst du? Gibt es
dich wirklich? Ich denke
an Blumen, an Tiere, sie
kommen mir unerreichbar gut vor,
so klar und real. Du kannst
nichts dafür, daß du etwas
anderes bist. Jeder ist zu
etwas bestimmt. Die Spinne,
der Koch, der Elefant. Es ist
als sei jeder von uns ein
Bild an der Wand einer
Galerie.

Und jetzt dreht sich das Gemälde
auf den Rücken, und hinter dem
gekrümmten Ellbogen sehe ich
einen halben Mund, ein Auge und
ein Stück Nase. Alles andere
bleibt verdeckt, aber ich
weiß, daß du ein zeitgenössisches,
ein modernes, ein lebendes
Kunstwerk bist, vielleicht nicht

unsterblich, doch wir
haben uns geliebt.

Bitte schnarch
weiter.

Ein Gesicht hinter einem Fenster

Was die Rosenknospe oder
den Anarchisten so entschlossen
den Tag beginnen läßt, am Ende
welkt es doch und erschlafft,
wie Motten in einem Festungs-
turm oder Badeschönheiten an
einem Strand in New Jersey.
Halb betäubt schlingern sie,
die Christus zu beweinen
vergaß, im Bus durch die
abendlichen Straßen,
ein Hauch von Tod
weht mir in die Knie-
kehlen und läßt mich
zusammensacken hinter
herabgezogenen Jalousien
wie einen Mann, den man
steinigt oder mit Tränengas
eindeckt, wie nach einer
ungeheuerlichen Beleidigung.

Da geht ein graues Gespenst,
mondsüchtig vor Liebe, dort
ein Mensch in dreckigem
Unterhemd, dort einer mit
Verstopfung, unaufhaltsam wie
eine Dampfwalze, und dort der
linke Verteidiger von Notre Dame
aus dem Jahr 1932, und wie
Whitman sie alle ins Herz
zu schließen, will mir einfach
nicht gelingen.

Ich bin ein Gesicht hinter
einem Fenster, ein

vereiterter Backenzahn, einer,
der Petersilie frißt und Gifte
ausscheidet, ein Pappkamerad
der nachts an die Decke starrt,
kleiner als Gott, und seiner Sache
nicht halb so sicher,
ein Bluter, wenn ich mich schneide,
ein Liebhaber, wenn ich Glück habe,
ein Mann durch reinen Zufall,
von allem viel mehr und
viel weniger.

Um sechs Uhr abends kommen sie
wieder, wie die Flut oder die
Abendzeitung, und alle sind
gezeichnet, nicht anders als
der Vogelbeerstrauch vor dem
Fenster: Zentimeter um Zentimeter
braun verfärbt und abgestorben,
jeden Tag wird es schlimmer,
wie eine Warze, die man nicht
in Ruhe läßt. Das Fenster
ist zu, die Jalousie herunter,
und irgendwo sind sie am
Überlegen, wie man zum Mars
kommt, wie man hier raus-
kommt. Es ist Abend. Zeit
für einen Happen, Zeit für
Musik.

Hier ruht Whitman, Leute,
verscharrt wie ein toter Sand-
floh, eine tiefgefrorene
Schildkröte. Ich wende mich
ab, stelle das Radio an,
irre eine Weile durchs Zimmer
und bleibe vor dem Kühlschrank
stehen.

Manche Leute

Manche Leute drehen nie durch.
Ich liege manchmal 3 oder 4 Tage
hinter der Couch.
Dort finden sie mich dann.
»Da liegt unser gefallener Engel«,
sagen sie und schütten mir Wein
in den Hals, massieren mir die
Brust, besprenkeln mich mit
Ölen und Essenzen.

Jetzt komme ich hoch mit Gebrüll,
ich wüte, schlage um mich,
verfluche sie und das Universum
während sie draußen über den
Rasen flüchten.
Danach fühle ich mich viel besser,
setze mich hin, zu einem Rührei mit
Toast, summe ein kleines Lied,
werde plötzlich so liebenswert
wie ein rosaroter vollgefressener
Wal.

Manche Leute drehen nie durch.
Was müssen die doch für ein
grauenhaftes Leben führen.

Hallo, Willie Shoemaker

Der Chinese sagte: »Kein Besteck
mitnehmen, ja?« und servierte mir
ein Steak, an dem das Messer ab-
prallte, und um meine Kaffeetasse
wuselte eine Ameise. Ich ließ
10 Cents Trinkgeld liegen und
machte mir eine Zigarette an.
Draußen stieß ich auf einen alten
Penner, der nicht so gut aussah
wie ich mich fühlte. Ich gab ihm
einen Vierteldollar, dann ging
ich rauf zu dem Alten und fühlte
mich stark wie zehn Stahltrossen,
fit für Bomber und Blondinen,
die grün verschimmelten Treppen-
stufen hinauf, unter denen Ratten
hausten, an den Sekretärinnen
vorbei, die gelangweilt an ihren
Nylons zupften und weiter nichts
taten, und dann saß der Alte da
und sah mich an durch seine
doppelten Brillengläser, blendend
erholt nach einem Urlaub in Paris.
»Kid«, sagte er, »ich höre, du
hast Marylou ausgeführt.«
»Nur zum Essen, Boss.«
»Nur zum Essen, wie? Das Luder hat
den Slip schneller runter, als einer
piep sagen kann. Denk dran, du
arbeitest hier nur als Aushilfe im
Lager. Ich bin hier der Boss. Ich
bezahle diese Flittchen, und ich
bezahle dich.«
»Ja, Sir«, sagte ich und hatte schon
den Eindruck, daß alles ausgestanden war,

»Ich hab ihm gekündigt, als er mir's erzählt hat, sagte sie.«

da schob er mir meinen letzten Scheck
über den Tisch.

Ich steckte den Scheck ein und
ging raus, vorbei an all den
märchenhaften Beinen, den Mini-
röcken von Marylou und Vicki
und Anne. Unten ging ich in die
Bar, und George sagte: »Was
wirst du jetzt machen?«
»Entweder Rußland«, sagte ich,
»oder Hollywood Park.«
In diesem Augenblick kam Marylou herein – mit ihrer langen
eleganten Nase, dem feinen
Gesicht, den Lippen, den Beinen,
dem Busen, der Musik, den Er-
innerungen an Unterhaltungen und
Liebe und Lachen. »Ich hab ihm
gekündigt, als er mir's erzählt
hat«, sagte sie. »Der Bastard
ist vor mir auf die Knie gefallen
und hat geflennt. Er hat mir den
Rocksaum abgeküßt und Geld ange-
boten. Ich hab mich umgedreht
und bin raus. Er hat geblubbert
wie ein Baby.«
»George«, sagte ich, »noch 'n
Drink.« Ich steckte einen Vierteldollar in die Jukebox, die Sonne
kam heraus, und als ich nach
draußen sah, kam der alte Stadt-
streicher vorbei, er hatte noch
ein bißchen Glück gehabt, und es
hatte zu einer Flasche Wein
gereicht, und sogar ein Vogel
flog vorbei und schilpte, direkt
da auf der Eastside, ohne Flachs,
und der Chinese kam auf einen

kurzen Drink herein und behauptete,
jemand hätte ihm einen Suppenlöffel
und einen Kaffeelöffel gestohlen,
ich beugte mich zu Marylou rüber
und biß sie ins Ohr, die ganze Bude
war voll von Musik und Freiheit
und ich entschied, daß Rußland
viel zu weit weg war und die
Hollywood-Park-Rennbahn gerade
nahe genug.

Ein gutes Zeichen

Eben ist hier ein großes Wunder geschehen:
Meine Bierflasche kippte hinten runter
und landete richtig herum auf dem Boden;
jetzt habe ich sie auf dem Tisch stehen
damit sie sich ausschäumen kann.
Die Bilder hatten nicht soviel Glück, und
das Leder von meinem linken Schuh ist
an einer Stelle eingerissen, aber es ist
alles ganz einfach: Wir können es nicht
zu viel bringen, es gibt Gesetze
von denen wir nichts ahnen, allerhand Stunk
bei dem uns heiß und kalt wird. Was die
Amsel im Maul der Katze landen läßt –
keiner von uns weiß es zu sagen, oder warum
manche Männer hinter Gittern sitzen wie
Eichhörnchen in der Zoohandlung, während
andere sich in enorme Brüste wühlen,
endlose Nächte lang. Das ist der Schrecken
mit dem wir leben müssen, und niemand sagt uns
warum. Immerhin, ein Glück, daß die Flasche
richtig herum auf dem Boden gelandet ist,
und wenn ich auch noch eine voll Wein
und eine voll Whisky habe, so läßt doch
dieses Zeichen irgendwie erwarten, daß es
eine gute Nacht wird, und vielleicht
werde ich morgen eine längere Nase haben,
neue Schuhe, weniger Regen, und ein
paar Gedichte mehr.

Literarischer Besuch

Ich hatte gerade 115 Dollar auf der
Rennbahn gewonnen, lag nackt auf
meinem Bett, hörte mir eine italienische
Oper an und war eine sehr liederliche
Lady losgeworden, da pochte jemand
an die Tür, und da die Cops vor einem
Monat eine Razzia gemacht hatten,
schrie ich ziemlich gereizt: »Verdammt,
wer ist das schon wieder? Was willst
du, Mann?« »Ich bin dein Verleger!«
kam es von draußen, und ich schrie
zurück: »Ich hab keinen Verleger!
Versuch's mal nebenan!« Dann eine
zweite Stimme: »Sie sind doch Charles
Bukowski, oder?« Ich stand auf, sah
durch den Spion und vergewisserte mich,
daß es keine Cops waren. Dann zog ich
meinen Bademantel über, kickte eine
leere Bierdose aus dem Weg und ließ
die beiden herein. Der Verleger hatte
einen Dichter mitgebracht. Der wollte
kein Bier, also trank ich zwei für
ihn mit. Sie saßen da, schwitzten und
sahen mich an. Ich saß da und versuchte
ihnen klarzumachen, daß ich eigentlich
gar kein Dichter war, jedenfalls nicht
das, was man sich darunter vorstellt.
Ich erzählte ihnen was von den Schlacht-
höfen, den Konservenfabriken, den Pferde-
rennbahnen, den Zuständen in manchen
unserer Gefängnisse, und plötzlich
klappte der Verleger eine Mappe auf,
holte fünf Zeitschriften heraus und
warf sie zwischen die Dosen auf den
Tisch, und auf einmal drehte sich die

Unterhaltung um ›Les Fleurs du Mal‹,
Rimbaud, Villon und einige unserer
zeitgenössischen Poeten, J. B. May,
Hedley Woolf, und wie merkwürdig
lupenrein und fleckenlos sie waren,
besonders ihre Fingernägel, und ich
entschuldigte mich für die Bierdosen,
meinen Stoppelbart, das ganze Zeug
auf dem Fußboden, und ziemlich bald
waren wir alle am Gähnen, der Verleger
stand abrupt auf, und ich sagte: »Wollt
ihr schon gehn?« Dann waren sie aus
der Tür, und ich dachte: Hm, wenn es
ihnen bei mir gefallen hat, dann
haben sie einen falschen Eindruck
mitgenommen. Ich verkaufe keine
Bierdosen und italienischen Opern und
durchlöcherten Socken unter dem Bett,
ich verkaufe Reim und Leben und
gehämmerte Zeilen. Ich ging in die
Küche und knackte eine frische Dose,
und dann starrte ich auf die fünf
Zeitschriften mit meinem Namen
vorne drauf. Ich weiß nicht, was
das soll, dachte ich. Was wollen
wir eigentlich damit? Wir sitzen
doch alle eingepfercht und halb kirre
in einem großen Armeezelt und
halten uns zitternd
die Ärsche.

Wunschträume aus
dem Schlachthof

Das sterile Kalbsauge im Schnee,
stumpf wie nasser Sand, Eingeweide
wie ein Haufen Popcorn mit Salz,
im Kopf nichts als zotige Bilder,
geknipst von einem magischen Zwerg
namens Nonnie J., der am Stadtrand
von Berlin wohnt, und Musik ist hier
so etwas wie MG-Garben, abgefeuert
von einer Insel, die eigentlich
keiner haben will. Ich sehe mich,
wie ich in Küchen gehe, mich
umsehe nach etwas zu essen,
aber es gibt nichts, nichtmal
zu trinken, und man stellt mich
Leuten vor, die Namen haben und
herumstehen in ihren Körpern.
Was ich suche, ist eine Hütte,
vielleicht an der Küste von Spanien,
wo mich nie jemand beachten wird;
dort kann ich mir einen langen Bart
wachsen lassen, kann mirs leisten
aus dem Mund zu riechen, von einem
wüsten Clinch in einem fremden Bett
zu träumen, von saftigen Orangen.
Nicht wie das Meer, das sich regt
und voll Leben ist, nein, ich habe
aufgehört zu wachsen, ich will
nur noch einen Ort, wo ich mich
nicht mehr regen muß.
In den Kastagnetten-Gassen
werden sie es erst nicht begreifen,
lauthals werden sie mich
begrüßen mit einem »Buenos dias,
Brother, wie gehts?« Ich könnte

ein Hund sein oder eine Katze,
ein Löwe oder ein kleiner Junge,
so etwas wie die Flasche im Eis-
schrank oder der junge Rebell,
der im Sterben liegt, auch er
mag Orangen und ist konfus
und stinkt nach Blut.
Christus mag es verschmäht haben,
aber der Seelöwe hat es gefunden
und gewiß auch der Kellner mit dem
Furunkel im Nacken, als er einer
Millionärin die zerlegte Krabbe
servierte, irgendwo zwischen Houston
und Chicago, und auch ich
werde es finden, und meine gras-
grünen Hände werden Würmer heraus-
schaufeln, groß wie polnische
Würste, daß dir die Augen übergehen.
Aber mein Mund wird woanders
sein. Besser, du redest mit einem,
der nach Äther riecht, im Schatten
eines roten Vorhangs ... mit dem Mann,
der aus dem Schlachthof kommt
mit roten Händen, im passionsblumen-
roten Sonnenuntergang – rede mit ihm,
eh er die Stiefel von den Füßen
kickt und den triefenden Gummi-
mantel auszieht, er wird sich
Fairly nennen oder so ähnlich, ein
Bursche aus Nebraska. Sag ihm
einfach, du kommst von mir.

Unterhaltung, morgens um halb vier

Morgens um halb vier geht eine
Tür auf, jemand kommt auf nackten
Füßen den Flur herunter, dann
klopft es an die Tür, du stellst
dein Bier weg und machst auf.

»Na, ich will verdammt sein«,
sagt sie, »du schläfst wohl nie, hm?«

Sie kommt herein, ihr Haar in Lockenwicklern, einen seidenen Morgenrock an,
auf dem sich Häschen und Vögel tummeln.

Sie hat einen Markenwhisky mitgebracht.
Du läßt dich nicht lumpen und stellst
zwei Gläser dazu. Ihr Mann, sagt sie,
ist in Florida, und ihre Schwester
schickt ihr Geld und Kleider, und sie
sucht jetzt schon seit 32 Tagen nach
einem Job.

Du erzählst ihr, daß du Agent für einen
Jockey bist und nebenbei Jazz-Arrangements
und Love Songs schreibst, und nach einigen
Drinks macht sie sich nicht mehr die Mühe,
den Morgenrock über ihren Schenkeln zu
raffen, der immer wieder klafft.

Die Beine sind gar nicht schlecht, Tatsache
ist, es sind sogar sehr gute Beine, und
bald bist du damit beschäftigt, einen Kopf
voll Lockenwicklern zu küssen, und die
Häschen zwinkern dir zu, und Florida ist
weit weg, und sie sagt, es ist ja nicht
so, als wär man sich fremd, denn man
ist sich schon mal im Hausflur begegnet, und
danach gibt es nur noch sehr wenig zu sagen.

Ein Radio mit Mumm

Es war in der zweiten Etage an der
Coronado Street, ich hatte die
Angewohnheit, mich zu betrinken und
das Transistorradio durchs Fenster
zu schleudern, wobei natürlich
jedesmal die Scheibe zu Bruch ging,
das Radio saß da draußen auf dem
Dach und spielte vor sich hin
und ich sagte zu meiner Frau:
»Ah, was für'n fabelhaftes Radio!«

Am nächsten Morgen hängte ich dann
das Fenster aus und
trug es die Straße runter
zum Glaser, der eine
neue Scheibe einsetzte.

Ich warf dieses Radio noch oft
durchs Fenster, wenn ich
betrunken war, und immer
saß es draußen auf dem Dach
und spielte weiter –
ein magisches Radio
ein Radio mit Mumm.
Und jeden Morgen ging ich
mit dem Fenster wieder
zum Glaser.

Ich weiß nicht mehr genau, wie das
endete. Ich erinnere mich nur noch
daß wir schließlich auszogen.
Unten wohnte eine Frau, die in
ihrem Badeanzug im Garten arbeitete
und ihr Mann beschwerte sich über mich
weil er nachts nicht schlafen

konnte, deshalb zogen wir aus,
und in der neuen Wohnung
vergaß ich entweder, das Radio
aus dem Fenster zu werfen
oder es war mir einfach
nicht mehr danach.
Ich erinnere mich deutlich
daß ich die Frau vermißte
die im Garten arbeitete
in ihrem Badeanzug. Sie
wühlte richtig drauflos
mit ihrer Schippe, ihr Hintern
ragte in die Luft, und ich
pflegte am Fenster zu sitzen
und mir anzusehen, wie dieses
Ding in der Sonne glänzte
während das Radio spielte.

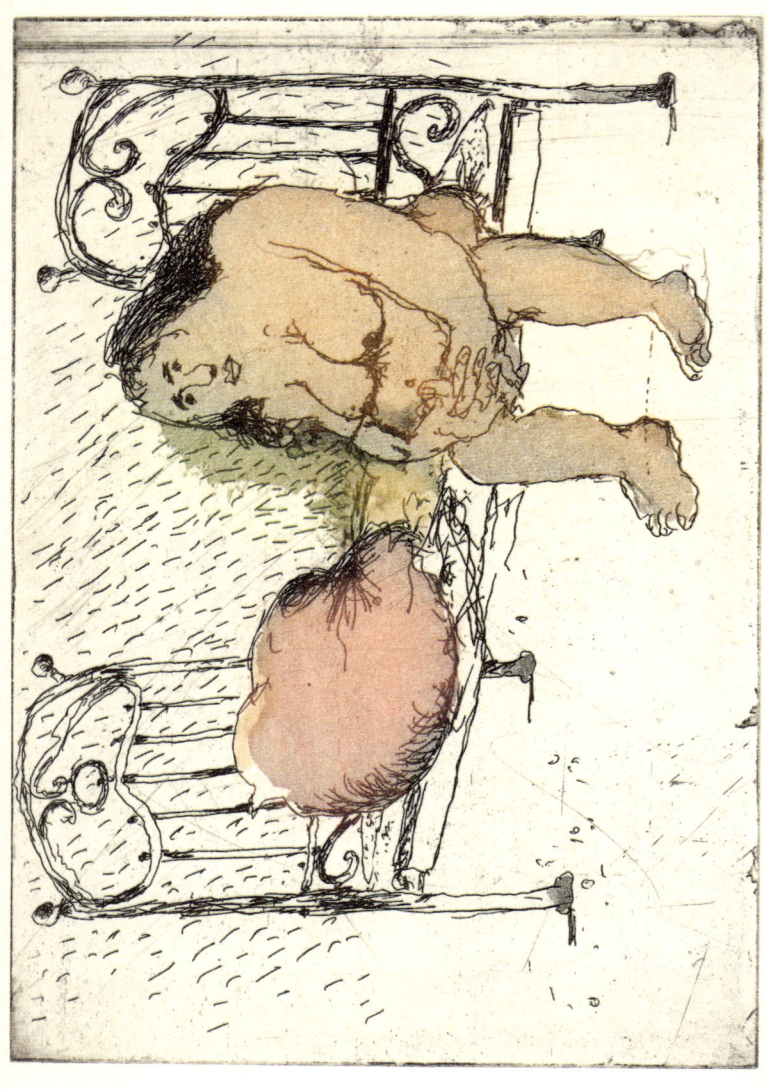

Für eine, die ich kannte

Von all den Eisenbetten im Paradies
war deins das kälteste
und ich war Rauch in deinem Spiegel
und du hast dein Haar mit
Jade gewaschen.
Du warst eine Frau und ich
ein Junge, aber nicht zu jung
für dein eisernes Bettgestell
und alt genug für Wein
und für dich.
Jetzt bin ich ein Mann,
alt genug für alles,
und du
viel älter,
nicht mehr so
gefühllos, aber
dein Eisenbett
ist jetzt
leer.

Fünf Männer in Schwarz

5 Männer in Schwarz gehen an
meinem Fenster vorbei. Es ist
Sonntag. Sie sind in der
Kirche gewesen.

5 Männer in Schwarz
gehen an meinem Fenster
vorbei. Sie sind zwischen
40 und 60 und haben ein
zufriedenes Lächeln
auf den Lippen
wie Taranteln.

Sieh sie dir an. Es ist
die Art, wie sie zu fünft
dahergehen, nicht zu zweit,
ohne ein Wort, nur dieses
Lächeln.

Jeder von ihnen hat
während der Woche
miese Sachen gemacht,
einen Lagerjungen
gefeuert, den Teilhaber
gelinkt. Miese, feige
kleine Männer gehen an
meinem Fenster vorbei.

5 Männer in Schwarz. Mit
einem miesen Lächeln.

Ich könnte sie abknallen
ohne mir banal vorzukommen.
Ich könnte sie beerdigen
ohne eine Träne.

All das muß von der Erde
verschwinden, ehe es wieder
Frühling werden kann.

Und es war nicht
die Lady Godiva

Sie kam betrunken zu mir
und ritt auf einem Hirsch
über die Veranda – »So viele
Frauen wollen die Welt verändern
und kommen nichtmal mit ihrer
eigenen Küche zurecht. Aber
ich ...«
Wir gingen rein, ich zündete
drei rote Kerzen an, goß
Wein ein und sah sie mir
näher an. Breite, Länge,
und was sonst noch dazu
gehört.
Eine Frau wie die, dachte
ich, ist imstande und
findet eine Zinnie in
Hot Springs, Arkansas.

Drei Wochen lang lebten wir
nur von Wild. Dann schlief sie
mit dem Hauswirt und half so
die Miete zahlen.
Dann suchte ich ihr eine
Stelle als Kellnerin.
Ich pennte den ganzen Tag
und wenn sie nach Hause kam
sprudelte ich über
vor brillanter Unterhaltung
die sie so sehr liebte.

Eines Nachts starb sie
ganz plötzlich, und die Welt
war fast wieder so wie
früher.

Jetzt stehe ich früh auf
gehe zum Hafen und warte
daß Blumenkohl, Apfelsinen
oder Kartoffeln von den
Lastwagen fallen oder weggeworfen werden.
Bis Mittag habe ich gegessen,
schlafe und träume davon
die Miete mit numerierten
Plastik-Chips zu bezahlen,
ausgestellt von einer
besseren Welt.

Ein freier Tag,
der keiner war

Den ganzen Tag im Bett gelegen,
ein lahmes Gedicht geschrieben
und wieder weggeworfen, jetzt
bin ich auf, sehe aus dem
Fenster, schwankend, komme mir
wie benebelt vor: Die Wolken
quellen auf mich zu wie
rudernde Amazonen mit Abwasch-
schüsseln und Bettpfannen in
den Händen, aus denen eine
trübe Entengrütze schwappt.
Doch ich bin kein trunkener
Epiker, mein Hirn klart auf,
ah – da steht die Flasche
Bier, ich denke wohlige
Gedanken, eingelullt in
Schaumkronen, träge Faulenzer-
Phantasien, hmm, mhm, doch es
wird nichts Halbes und nichts
Ganzes. Na schön, *Messeigneurs*,
dann sag ich eben die Wahrheit:
Ich habe wieder mal einen
Artikel über Dylan Thomas
gelesen und mir geschworen,
eines Tages werde ich den Glücks-
treffer landen und nie mehr einen
Finger krümmen müssen, ich werde
ein Waldhorn und einen gezähmten
Adler erstehen und den ganzen Tag
auf der Veranda sitzen, in der
prallen Sonne. Eine von diesen
Verandas mit Kletterrosen ringsum,
und ich werde *alles* über Dylan T.
und D. H. Lawrence lesen, bis mir

die Augen rausfallen und ich mein
Waldhorn blind spielen kann.
Doch auch jetzt wird es schon
duster vor den Augen, es wird
Nacht, hier unten die müden
Skelette, dort oben die Sterne,
und irgendwo in Denver läßt
jemand die Sprungfedern rattern
damit noch so ein Pechvogel das
Licht der Welt erblicken kann.
Ich stelle mir vor, alles sei
ein Fladen gleißendes Sonnen-
licht, in dem ich taumle und
staune über den *Nerv*, mit dem
das Leben weitermacht, nach all
den Gefängnissen, den Kranken-
häusern, den Fließbändern, den
braven Hunden, den hirnlosen
Schmetterlingen.
Jetzt steh ich wieder am Fenster,
aus dem Radio kommt eine Oper,
eine Frau sitzt links von mir
in einem Sessel und sagt in
einer Tour: BRATCH BRATSHT
BRAATCHT!
Sie hat ein Buch in der Hand,
›Russisch in zwanzig einfachen
Lektionen‹, aber eigentlich
ist gar nichts einfach – leben
oder sterben, oder fertig werden
mit Ruhm und Geld oder Pleite,
es ist alles gleich schwer. Die
Opernsängerin sagt es, die
toten Vögel, die toten Länder,
die toten Geliebten, der Mann
der draufging, weil ihn jemand
mit einem Elch verwechselte,
der Elch, den es erwischte, weil ihn
jemand für einen Elch hielt.

Der unglaubliche Nerv, mit dem
alles weitermacht. Diese Frau hier,
die Russisch lernen will, und ich,
der sich betrinken will. GRIND CAT
GRIND MEAT, sagt sie jetzt. Hört
sich an, als hätte sie Hunger.
Wir haben auch schon seit
Stunden nichts mehr gegessen.
CLAM BAYONET TURKEY PORK
AND PORK. Ich gehe nach hinten
und ziehe mir eine Hose an,
ich werde losgehen und etwas
einkaufen, während jemand aus
dem Radio singt: »Gehabt euch
wohl, all ihr törichten Dinge!«
Der hat gut reden. Der ist
noch nie um die Ecke in den
nächsten Laden gegangen und
hat die Brieftasche gezückt
und inständig gehofft, daß
noch was drin ist ...
So verplempere ich im allgemeinen
meine Sonntage. Den Rest der Woche
ist es einfacher, da sagt mir
jemand, was ich zu tun habe, und
obwohl es purer Irrsinn scheint,
tut es fast jeder, egal was es
ist. Also wenn ihr mich jetzt
entschuldigen wollt (sie ißt
inzwischen eine Apfelsine)
dann zieh ich mir Schuhe und
Hemd an und verschwinde hier.
Es wird besser sein
für uns alle.

Arbeiter

Sie haben immer was zu lachen,
sie lachen selbst dann noch
wenn ein Balken runterfällt
und ein Gesicht zerschmettert
oder einen Körper verstümmelt;
auch wenn die Augen im
schlechten Licht bedenklich
bleich werden, lachen sie
immer noch; faltig und
verbraucht, zu früh
gealtert – sie machen
auch daraus noch einen
Witz; ein Mann, der wie 60
aussieht, wird dir sagen
er sei 32, und dann
werden sie darüber lachen,
sie werden alle
lachen.
Hin und wieder läßt man sie
nach draußen an die frische
Luft, doch sie sind
an ihre Arbeit gefesselt
mit Ketten, die sie
nicht zerreißen werden,
selbst wenn sie es könnten;
und auch draußen, unter
freieren Menschen, lachen
sie weiter, sie laufen herum
in ihrer holprigen
fantasielosen Art
als hätten sie den
Verstand verloren; da draußen
kauen sie auf einem Stück
Brot, streiten sich,
schlafen, zählen ihr

Geld, starren auf die Uhr
und kehren zurück. Manchmal
sind sie einen Augenblick
ernst in ihrem Gefängnis,
sie reden von »draußen«,
davon, wie schrecklich es
sein muß, »draußen« zu bleiben
für immer, nie wieder
reingelassen zu werden.
Es ist warm bei der Arbeit,
sie schwitzen ein bißchen,
aber sie arbeiten hart und
gut, sie arbeiten so hart
daß ihnen die Nerven durch-
gehen und das Zittern ihnen
in die Knochen fährt, und
meistens werden sie mit einem
Lob bedacht und angetrieben
von denen, die aus ihrer Mitte
aufgestiegen sind wie Sterne
und nun über ihnen wachen:
Sie überwachen diejenigen
die versuchen könnten
das Tempo zu drücken, oder die
die keine rechte Lust haben
oder Krankheit vortäuschen
um sich ein wenig erholen
zu können (Erholung muß man sich
»verdienen«, und sie ist auch
nur dazu da, daß man Kräfte
sammelt für noch bessere
Leistung).

Manchmal stirbt einer
oder wird verrückt, und dann
kommt von »draußen« ein Neuer
und nutzt seine Chance.
Ich bin selbst schon seit
vielen Jahren dabei. Zuerst

fand ich die Arbeit monoton
und stumpfsinnig, doch jetzt
sehe ich, daß alles
eine Bedeutung hat,
daß die Kollegen, die
kaum noch ein Gesicht
haben, nicht wirklich
häßlich sind, daß diese
scheinbar leeren Augen
sehen können und in
der Lage sind, ihre
Arbeit zu tun.
Die Arbeiterinnen sind
oft noch besser, sie
lernen schnell, und mit
einigen von ihnen
habe ich in den Pausen
schon geschlafen. Erst
kamen sie mir vor wie
Sprechpuppen, doch später
als ich sie besser kannte,
wurde mir klar, daß sie
so real und lebendig waren
wie ich selbst.

Vor ein paar Tagen
wurde ein alter Arbeiter,
grauhaarig, halb blind,
nicht mehr zu gebrauchen,
in Rente geschickt, nach
»draußen«.

Eine Rede! Eine Rede!
schrien wir.
Es war die
Hölle, sagte er.

Wir alle lachten,
die ganzen 4000 Mann:

Er hatte seinen
Humor behalten
bis zum
Schluß.

Gedicht für Dante

Dante, Baby, das Inferno
ist hier und jetzt.
Ich wünschte, du könntest
es sehen. Eine Zeitlang
hatten wir die Macht
die Welt in die Luft zu sprengen
und jetzt entdecken wir die
Möglichkeit, sie zu verlassen,
doch die meisten werden
hierbleiben müssen und
sterben. Entweder durch die Bombe
oder die Leichenhaufen
oder was sonst noch
hingekippt wird –
Scheiße und Glas und Ruß.
Dante, Baby, das Inferno ist
hier und jetzt.
Und die Leute sehen sich noch
Rosen an, fahren Fahrrad,
drücken Stechuhren,
kaufen Häuser und Gemälde, Autos,
sie werden auch weiter
kopulieren, überall,
und die Jüngeren
sehen sich um und
schreien nach einer
besseren Welt, wie es
die Jungen immer getan
haben – und dann wurden sie
alt und haben das gleiche
Scheißspiel mitgemacht.

Nur sind inzwischen die
schauderhaften Verbrechen
der Jahrhunderte angewachsen

zu einer Belastung, die wir
nie mehr abtragen können.
Manche versuchen es noch.
Wir nennen sie Heilige,
Dichter, Verrückte, Narren.
Dante, Baby, o Dante, Baby
du solltest uns jetzt mal sehen.

Der Geiger

Er saß auf der Tribüne, ganz oben
an der Seite
wo sie nach der letzten Kurve
in der Geraden um die
Positionen kämpfen.

Er war ein kleiner Mensch,
rosige Haut, Glatze, dick,
in seinen Sechzigern.
Er spielte Geige,
er spielte klassische Musik
auf seiner Geige, und
die Pferdenarren ignorierten ihn.

BANKER AGENT siegte im 1. Rennen
und er spielte auf seiner Geige.
CAN FLY siegte im 3. Rennen, und
er spielte weiter auf seiner
Geige.

Ich ging mir einen Kaffee holen
und als ich zurückkam, spielte er
immer noch, und er spielte auch noch
als BOOMERANG im 4. gesiegt hatte.

Niemand stoppte ihn
niemand fragte ihn, was er da tat
niemand applaudierte.

Nach dem Sieg von PAWEE im 5.
spielte er weiter. Die Töne
fielen über den Rand der
Tribüne, in den Wind und
die Sonne.

»Er spielte Geige, er spielte klassische Musik auf seiner Geige ...«

STARS AND STRIPES siegte im 6.
und er spielte weiter.
STAUNCH HOPE stieß an der
Innenseite durch und entschied
das 7. für sich, und der Geiger
fiedelte drauflos, und als
LUCKY MIKE, mit 4:5 gewettet,
im 8. siegte, machte er
immer noch Musik.

Dann siegte DUMPTY'S GODDESS
im letzten Rennen, sie
machten sich langsam auf den
langen Weg zu ihren Autos,
geschlagen, wieder mal pleite,
und der Geiger schickte ihnen
seine Melodien nach.
Ich saß da und hörte ihm zu.
Wir waren jetzt ganz allein
da oben, und als er fertig war,
klatschte ich Beifall.
Er stand auf, sah mich an
und verbeugte sich. Dann
legte er seine Fiedel in den
Kasten, richtete sich auf und
ging die Treppe hinunter.

Ich wartete noch ein paar Minuten,
dann stand auch ich auf und
machte mich langsam auf den
langen Weg zu meinem Auto.
Es ging auf den Abend zu.

Ein Gespenst
in Gestalt einer
toten Amsel

Geschockt von Palisaden aus Eis und
ausgelatschten Schuhen, geschockt
von Nervengas, von Türmen aus Spinat,
vom Anblick einer toten Amsel mit
gebrochenem Flügel.

Ehemalige Football-Mannschaften
der Universität von Notre Dame
rennen durchs Zimmer, mit hohen Zylinder-
hüten, in denen kleine Propeller surren,
nie einen Pulitzer-Preis gekriegt,
Shakespeare ist jetzt 401, Joe Louis
wird 51, ein Junge steht draußen und
schmeißt staubtrockene Erdklumpen
an die Garage – vap! vap! vap!

Geschockt von der Lahmheit meines
schlappen Körpers, geschwächt von
Krankheit und Fett, geschockt
von Fahrstuhlmusik, die sich wie eine
Schlinge um den Hals legt, aber
gar nicht geschockt, wenn ich lese,
daß Beethoven sich dem Suff ergab.

Der schiefe Tagtraum kauert sich
an den Zaun wie ein alter Land-
streicher. Jessas Charlie, sagt er,
jetzt haben sie uns aber endgültig
dran. Dann die Ängste in der Nacht:
Angst, daß man nie mehr mit einem
jungen Girl schlafen wird, das
noch nie von Rimbaud gehört hat,
Angst vor Platitüden und Armut,
Angst vor einem quälend langsamen

Tod, Angst vor Überwachungskameras
und Hauswirten und Bossen, Angst
vor einer Ehe mit sechs Kindern,
Angst vor Krebs und schlaffen
Schultern, Angst, daß Sartre
schläft und Genet nur Witze macht,
Angst, daß da draußen
überhaupt keiner ist.

In einem Dutzend Jahren werde ich
grau sein und fast tot, in einem
Dutzend Jahren werde ich erledigt
sein, am Fußende wird mir der
Geist der toten Amsel erscheinen,
die Frau hinter mir trocknet
ihre Schlüpfer auf der Heizung,
China und Rußland raufen und
fluchen an der Bar, Frankreich
sitzt lässig an der Wand, die
Hand am Schnappmesser in der Tasche.

Ich wünschte, ich wäre wirklich ein
Monster, nicht nur in den Augen der
Leute. Ein obszöner Koloß, 366 Pfund
schwer, der an einem hinteren Tisch
in Paris hockt, sechs Romane hinter
mir, praktisch mit dem Leben ab-
geschlossen, nur noch dasitzen und
auf das Ende warten, etwas aus einer
Terrine essen, ein halbes Karnickel
oder so, den Frauen nachsehen
wie man Rußschwaden nachsieht, die
ganze Welt ein Eimer voll Ruß,
Dünger, die beruhigende Gewißheit
daß die Erde weiter Kartoffeln
ausspucken wird, Kohle, alte Gräber,
einen Witz kennen, in dem es um die
Sonne geht und was für ein As der
liebe Gott im Ärmel hat.

Dasitzen unter elektrischem Licht,
eine Akkumulation von Gewebe, das
Zeug reinlöffeln, wohlig und
rosig glänzen, berühmt sein
und keinen Pfifferling drum geben,
die Kellnerinnen alle verängstigt,
zitternd in ihren blödsinnigen
blumengemusterten Hotpants, und
die jungen Kollegen wollen alle
von mir wissen, wie man es macht,
wie die magische Gleichung lautet,
und ich, ein wahrhaft unsäglich
feister, ekliger Klump, erhebe mich,
gehe in einem Wetterleuchten hinaus
in die Nacht, dresche den Knauf
meines Krückstocks gegen eine Haus-
wand, VAP!, und das wars dann.

Zwei Düsenbomber jetzt halblinks
voraus. Durch den abgestorbenen
Nußbaum sehe ich weiß und gelb
ein Dach. Der Schock ist, daß
man es sieht und fühlt und nie
wissen kann. Es zu wissen, ist das
was einen unausstehlich macht.
Vielleicht gibt es auch gar nichts
zu wissen, und *das* macht einen
klumpig und häßlich.

Vielleicht schaffe ich es doch noch
bis Paris.

Dann schicke ich dir einen ellenlangen
versiegelten Brief, der in schwarzen
Krakeln endet, dick und
voll Wahnsinn. Ich werde den
Berühmten mimen, und du wirst
darüber lächeln. Jetzt
sehe ich ein paar gelbrote Rosen.

Sehr gut. Endlich. Gelbrote Rosen
sind kein Schock für mich. Nicht heute.
Ob sie aus meiner Weste hängen oder
aus einer Vase, es macht keinen
Unterschied. Was ist das da
drüben? Rauch? Schluß jetzt
mit diesem Gekritzel. Das sieht
nach einem größeren Brand aus.

Man kann aus einem Schmetterling
keinen Löwen machen

Er war groß gewachsen
und er war kräftig
er war einfach dazu geboren
mitsamt seinen enormen Locken
die ihm in die Stirn fielen
er hatte sogar einen britischen Akzent
und er war hübsch, wenn man
nicht so genau hinsah
alles was ihm fehlte war Kampfgeist
und Temperament
er hatte nie gehungert
er war nie einsam gewesen
er war nie etwas anderes gewesen
als ein großes Muskelpaket
mit enormen Locken
und wir brachten ihn im
Schwergewicht nach oben
gegen Prügelknaben mit
gläsernen Kinnladen
und er war nach 26 Kämpfen ungeschlagen
als wir ihn gegen den 5. der Rangliste
in den Ring schickten
einen schwarzen Fettsack
der kokste
und schon zweimal gesessen hatte
einmal wegen Vergewaltigung
einmal wegen Einbruch
und unser Bobby
sah gut aus
in der ersten Runde
er hatte dem Fettsack 15 cm
Reichweite voraus
er hatte Jugend
Körpergröße

Kraft
war perfekt durchtrainiert
aber in der 2. kam der Fettsack
aus seiner Ecke und begann
Treffer zu landen
aus der Distanz
und unser Boy kniff wie ein
kleines Mädchen
drückte sich in die Seile
versteckte sich hinter seinen Armen
und in der 3. war es dasselbe
und in der 4. kam der Fettsack
zu seinem Kinn
durch
und unser Bobby ging auf der Stelle
zu Boden
ließ sich auszählen
und stand bei 11
wieder auf.

Keiner von uns redete ein Wort mit ihm
in der Umkleidekabine.
Er saß auf der Tischkante
und sagte: »Ich denke,
ich werde Schauspiel-
unterricht nehmen.«
Der Fettsack hatte mir
gleich nach dem Fight gesagt:
»Der Typ würde nichtmal in nem
erstklassigen Bordell einen
hochkriegen.«

»Geh und dusch dich, Bobby«,
sagte jemand im
Zimmer.

Als er unter die Dusche ging
sahen wir einander an, wir
waren zu dritt oder zu viert.

»Tja, Scheiße«, sagte
einer.
Und genau das
war es auch.

Zwillinge

Von Zeit zu Zeit gab er mir zu
verstehen, daß ich ein räudiger
Hund sei, und ich sagte, er solle
sich mal was von Brahms anhören
oder malen und saufen lernen
statt sich das Hirn von Weibern
und Dollars vernebeln zu lassen,
aber er brüllte sofort los:
Herrgottnochmal, denk an deine
Mutter, denk an dein Land, du
wirst uns noch alle unter die
Erde bringen! ...

Heute gehe ich durch das Haus
meines Vaters, an dem er zuletzt
noch 8000 Dollar abzuzahlen hatte,
und das nach zwanzig Jahren im
gleichen Job. Ich sehe mir
seine toten Schuhe an, man
sieht noch, wie seine Zehen das
Leder ausbeulten, wenn er am
Boden hockte und wie verrückt
Rosen pflanzte, und ich sehe
seine tote Zigarette, seine
letzte, und das Bett, in dem er
seine letzte Nacht schlief, und
ich sage mir: In einer Küche
auf dem Boden zu sterben, morgens
um sieben, während die anderen
ihre Spiegeleier braten, ist
nicht so schlimm, solange es
einem nicht selber passiert.

Ich gehe hinaus, hole mir eine
Orange vom Baum und pelle die
glänzende Schale ab. Es gibt

»In einer Küche auf dem Boden zu sterben, morgens um sieben . . .«

immer noch Leben hier, das Gras
wächst ganz gut, die Sonne, um die
ein russischer Satellit kreist,
schickt ihre Strahlen herunter,
irgendwo kläfft ein Hund, die
Nachbarn linsen hinter ihren
Jalousien hervor. Für sie
bin ich ein Fremder. Ich schätze,
ich war immer ein ziemlicher
Rabauke, und bestimmt hat er
ihnen nur das Schlimmste von
mir erzählt (wir bekämpften uns
wie Berglöwen, der Alte und ich).
Es heißt, er habe sein ganzes
Zeug einer Frau in Duarte ver-
macht. Das kratzt mich nicht,
sie kann es gerne haben. Er war
mein Alter, und er ist
tot.

Drinnen probiere ich einen hell-
blauen Anzug an, besser als alles
was ich je getragen habe. Ich wedle
mit den Armen wie eine Vogelscheuche
im Wind, aber es hilft nichts: Ich
kann ihn nicht wieder lebendig machen,
nicht einmal mit meinem Haß.
Wir sahen genau gleich aus, wir hätten
Zwillinge sein können, der Alte und
ich. So sagte man jedenfalls. Auf dem
Fensterbrett hatte er sich seine Tulpen-
zwiebeln zurechtgelegt, zum Einpflanzen,
während ich in der Third Street
mit einer Nutte im Bett lag.

Na gut. Lassen wir uns diesen Augenblick:
Ich stehe vor dem Spiegel, im Anzug
meines toten Vaters, und warte darauf
daß ich auch sterbe.

Merkwürdiger Abgang

Auf flachen Sohlen und
mit flachem Atem
ging er den Flur hinunter,
das Gesicht bemalt wie
ein Clown, in der rechten
Tasche eine Glaskugel mit
dem Kölner Dom, umwabert
von Schneeflocken, in der
linken ein Exemplar von
›Une Saison en Enfer‹, seine
nackten Arme in den schrägen
Strahlen der untergehenden
Sonne gestreift wie Barsche.
Am Morgen fanden sie ihn
erhängt am Flurfenster zur
Feuerleiter. Sein Gesicht
war angelaufen wie eine
tote Glühbirne. In den
Büschen unten hockten
die Spatzen, und eins
kann ich euch sagen:
Spatzen singen nicht,
sie machen einen Lärm
der sich anhört wie Triumph-
geschrei, und das taten sie
auch an diesem Morgen, als
man ihn die Treppen hinunter-
trug wie eine überfahrene
Eule.

Ein lähmendes Gefühl
beim Zeitunglesen

Eines Tages werde ich
ein alter Mann sein,
der Angst hat vor Wanzen
und Fliegen, wenn er in
Unterhosen dasitzt,
seiner letzten Liebe nach-
lechzt in seinem Hackfleisch-
hirn, während die Bomber
endlos ihre Schleifen fliegen
und uns auf die Folter spannen,
bis sie schließlich das Zeug
endgültig auf uns herab-
regnen lassen wie eine Kiste
voll abgebrochener Zehennägel
und wir den Gladiolen
in die Arme sinken ...
Die Augen lassen nach, werden
alt, die jüngsten Nachrichten
verschwimmen auf den Seiten
der Abendzeitung. Wunsch-
vorstellungen. Bullshit. Junge
muskulöse Burschen hechten
nach Hüfte und ledergepolsterter
Schulter, um dann im Winken der
Menge vom Feld zu gehen, sich
zu verlieren zwischen Finanz-
reports und leichtsinnigen
Unternehmungen oder in einem
gediegenen toten Büro. Du
blätterst die Seiten um, und
etwas dreht sich in dir selber
um. Und da siehst du es:
Dein unausweichliches Schicksal,
überall, in Straßenbahnen, auf

Brücken, deines und meines –
zur Arbeit fahren, oder zu
einem Picknick, oder einfach
hier an dieser Bar lehnen,
eine ungelesene Zeitung
in der Hand, und warten,
warten.

Die Tage galoppieren davon
wie Mustangs über die Hügel

Das Telefon klingelt. Ich rechne
damit, daß es die Dame von Pacific
Telephone ist, die mir mit ihrer
sexy Stimme sagt, ich soll bitte
meine Telefonrechnung bezahlen,
statt dessen höre ich einen Bariton
der ganz ruhig sagt: »Du elender
Hund.« Der Mann gibt ein Dutzend
Zeitschriften heraus, alles
mögliche, von Religion bis
Do-it-yourself-Abtreibungen.
»Warum hast du dich nicht mehr
gemeldet?«, will er wissen, und
ich sage: »Wir kommen ja doch nicht
miteinander aus.«
»Katalyse«, sagt er. »Kapiert?«
»Schon gut«, sage ich.
Und dann erzählt er mir, er habe
meine Sachen in der Nr. 5 von
›Crablegs and Mule Tears‹ gelesen
und ich würde immer besser.
Ich sage, daß ich nicht so schnell
auf Touren komme, aber da ich erst
42 sei, hätte ich eine Chance
noch manchen Sand in Abdullahs
Garten zu verteilen, und er sagt:
»Komm doch vorbei, ich möchte dich
mit jemand bekanntmachen.«
Ich verspreche, daß ich ihn zurück-
rufe, wenn ich vom Pferderennen
komme.

Es ist Samstag, heiß, die gierigen
Gesichter rauschen vorüber, verklemmt

und vertrocknet und unmöglich, sie
wollen am liebsten, daß ich mich
zwischen die Lilien knie und bete.
Ich gehe statt dessen an den Steh-
ausschank auf der Terrasse hinter
der Tribüne, wo ich einen Wodka-
Orange für 70 Cents kriegen kann,
Leute reden auf mich ein, es ist
ein einziger Klub der einsamen
Herzen. Leute, sehnsüchtig nach einer
Stimme oder einer Million Dollar,
und eins so rar wie das andere, und
ehe das neunte Rennen abgeht, bin ich
mit hundert Dollar im Keller, und ein
enormer Schwarzer kommt zu mir her,
in der Hand mehrere Gewinntickets
aufgefächert wie die Partitur eines
Violinkonzerts. »Sehr schön«, sag
ich, und er sagt: »Ich bin mit ein paar
alten Freundinnen da, sie suchen
mich jetzt, aber ich werd mich ver-
drücken. Ich schließ mich ein und
sauf mir einen an.« »Wie recht du
hast«, sage ich, und er geht davon.
Ich überlege, warum ich dauernd von
Schwarzen angesprochen werde, und
plötzlich fällt mir ein, daß ich mal
in einer Kneipe war, wo mich ein
enormer Schwarzer vereidigt hat
auf etwas, das sich Black Muslims
nennt. Nur daß ich damals dachte,
es sei bloß ein Scherz. Ich will nicht
die ganze weiße Rasse vernichten,
nur einen kleinen Teil davon:
mich.

»Auf wen tippst du?«, fragt mich jemand.
Ich sage: »Auf die Drei.« »Die Drei
ist doch out«, meint er und geht weg.

Das ist alles, was ich hören will.
Ich setze 20 Sieg auf die 3, hole mir
noch einen Screwdriver und gehe hinunter
zur letzten Kehre, wo man, wenn man schon
lange genug dabei ist, den Sieger
eines Rennens bereits eingangs der
Zielgeraden ermitteln kann – da
kommt die 3 vorbei, anderthalb Längen
hinter der 6, sieht knapp aus, beide
geben sich voll aus, kein Zeichen von
Ermüdung, aber ich muß anderthalb
Längen aufholen. Ich sehe hinauf zur
Tafel, die 6 ist mit 25:1 gewettet,
meiner nur mit 7:1, mit etwas Glück
kann ich es schaffen . . .
Es klappte auch, und die Frösche in
meinem Hirn machten einen Freudensprung
und wischten dem Tod eins aus (für ein
Weilchen) und ich ging an den Schalter
und holte meine 166 Dollar ab.

Ich saß gerade in der Badewanne, eine
Dose Bier in der Hand, als das Telefon
schrillte. »Du Bastard, wo bleibst du
denn?« Es war der mit den Zeitschriften.
»In 30 Minuten bin ich da«, sagte ich.
»Mach mir bloß keinen Kummer, du,
sonst hau ich dich aus den Latschen«,
drohte er. »Schön«, sag ich, »dann also
in einer halben Stunde.« Was mir Zeit läßt
für ein paar weitere Biere.

Er wohnte in einem Hinterhof in South
Hollywood, eine kleine Zelle, mit einem
Wasserboiler im Klo, ein Bücherregal
nahm den halben Raum ein, viel Huxley
(Aldous) und Lawrence (nicht der von
Arabien) und eine Menge Bände und
Konvoluten von Leuten, die sich nicht

zwischen Lyrik und Roman entscheiden
konnten und weder die nötige Motivation
noch die Disziplin hatten, um stracks
in Philosophie zu machen. Er hatte eine
Frau da, in der letzten Pfirsichblüte
ihrer Jugend, blasser orangeroter
Lippenstift, nicht viel Pep, aber
ein stiller Typ, was mir sehr recht
war. »Hol dem Mann ein Bier«, sagte
er zu ihr. Ich warf ihm meinen letzten
Gedichtband hin, mit der Widmung:
»Für einen Connoisseur von Fut und Vers . . .«
was er mit Recht geschmacklos fand.
»Du wirst fett, Bastard«, sagte er, »aber
du siehst besser aus als letztes Mal.«
»Faulkner ist jetzt auch übern Jordan«,
sagte ich.
»Wie gefällt dir die Ische?« fragte
er. »Sieh sie dir mal an.«
Ich sah sie an und dankte ihr für das
Bier. »Fair stand the fields of France«,
rezitierte ich.
»Kannst du mir 150 Dollar pumpen?« wollte
er wissen.
»O je«, sagte ich, »dasselbe wollte ich
dich grade fragen.«
»Ich höre, Harry ist wieder mit seiner
Alten zusammen.«
»Yeah. Sieht sich nach einem Job um.
Schränke anmalen. Babysitter. Eine
Nacht lang hat er sogar als Barkeeper
gearbeitet.«
»Harry? Als *Barkeeper*?«
»Nur drei Stunden. Dann hatte er es
satt, sagt er.«
»*Satt?*«
»Satt. Hat er wörtlich gesagt.«
»Ich brauch 150 Dollar.«
»Yeah, wer braucht die nicht?«

»Faulkner braucht sie nicht mehr«, meinte
er.
»Ich frag mich, was er sich in seine
Drinks gemixt hat. Ich muß dringend
langsam tun ...«

Seine Freundin hatte einige Gedichte
geschrieben. Ich las sie durch. Sie
waren nicht schlecht, wenn man bedenkt,
daß sie für etwas anderes gebaut war.
Der Rest des Abends war ziemlich lang-
weilig, keine Schlägerei, für einen
Tango war ich zu alt, ein dösender
Tiger im Schatten. Ich versprach ihm,
einen Essay über Sinn und Zweck der
modernen Lyrik zu schreiben, den er
unbesehen drucken wollte. Ich wußte,
daß ich das Ding nie schreiben würde.
Ein alter Tiger und eine Pfirsichblüte.
Die Nacht war voll Verheißung. Ich fuhr
durch Seitenstraßen nach Hause, machte
einen großen Bogen um die Polizeiwache,
rauchte kingsize Filterzigaretten und
summte Melodien aus ›Carmen‹, weil Bizet
ein besserer Fahrer als Ludwig war, der
dafür wichtigere Dinge im Kopf hatte.

Ich parkte vor dem Haus, und kaum hatte
ich die Wagentür offen, da hörte ich
den Süffel aus dem Erdgeschoß: »He, As
hast du 'n kleines Kühles für mich?«
Ich holte eine Bierdose aus der Tüte und
schob sie ihm durch ein Loch im Fliegengitter rein. »Pumpst du mir 'n Dollar?«,
fragte er. »Na so ein Pech«, sagte ich,
»dasselbe wollte ich dich auch grade
fragen.« »Du hast miese Laune«, meinte er.
»Eben«, sagte ich. »Hast du's nicht gehört?
Faulkner ist gestorben.«

»Faulkner? War das nicht ein Jockey?
Pomona Fairgrounds? Ruidoso? Caliente?
Hast du den Kid gekannt?«
»Ja, ich hab ihn gekannt«, sagte ich und
ging zu mir nach oben.

Der Rest der Nacht verlief im Sande, wie sie
in Arkansas sagen. Ich hatte zwar einige
Telefonnummern, die ich anrufen konnte,
4 oder 5, Weiße, Schwarze, manche alt,
manche jung, aber ich mußte an kühle
friedliche Krankensäle denken, an
schattige Palmenhaine, die Nacht war
still, endlich war alles ruhig, und es
gibt Zeiten, da muß man mit sich zu
Rate gehn, es gibt eine Zeit für
Ludwig van B. und eine, wo man die
Wände anstarren muß, es gibt Augenblicke
da muß man an Hemingway denken und die
Flinte, die er sich an den Kopf hält,
oder an gestorbene Geliebte, tote Blumen,
an all die toten Menschen, die uns
ihre Namen hinterlassen, von Florida
bis Del Mar, dieser ganze traurige
Reigen von närrischen toten Seelen,
tropfende Wasserhähne, frisch gewaschene
Nylons, alte abgelegte Kleider in einem
Karton ... Die Häßlichkeit der Welt
zieht sich zurück, ich selbst
verdrücke mich leise zwischen die Laken,
ein alter Tiger, der das Kämpfen leid ist.

Am nächsten Morgen weckte mich ein Klopfen
an der Tür, ich blieb im Bett und hörte
weg, will morgens keinen sehen, doch es
klopfte weiter, mit so etwas wie zarter
Beharrlichkeit, also stand ich auf, warf
meinen alten gelben Bademantel über, voll
von toten Schlafzimmergeräuschen, und
machte auf.

»Wir machen eine Sammlung für die
Behinderten«, sagte sie.
»Da sind Sie bei mir richtig«, sagte ich.
Sie war ein junges Mädchen, 19, 20, 21,
Augen so unschuldig wie eine Karte von
Texas in den Wolken, sie ging über meinen
Teppich und setzte sich hin, und ich
ging in die Küche und riß zwei Dosen Bier
auf. Mein Goldfisch schwamm wie verrückt
im Kreis. Ich ging mit den Bierdosen
nach vorn ins Zimmer und schwadronierte was
von ewiger Liebe und Grabsteinen, Segel-
schiffen und Hunden und Katzen und alles.
Sie lachte. Dieser Tag
hatte einen makellosen
Start.

Mongolische Mondlandschaft

Mongolische Küsten schimmern im Licht
Ich höre den Pulsschlag der Sonne
Der Tiger ist für uns alle dasselbe
Und hoch, so hoch oben
In den Zweigen
Singt unser
Pirol.

Eine andere Akademie

Wie können sie weiterleben. Man sieht sie
in alten Hauseingängen sitzen
mit speckigen verschmierten Mützen,
in dicken Kleidern,
ohne Bleibe.
Mit hängenden Köpfen, die Arme auf den
Knien, warten sie.
Oder sie stehen vor der Mission,
siebenhundert Mann, geduldig wie Ochsen,
und warten, daß man sie in die Kirche läßt
wo sie im Sitzen schlafen werden
auf harten Bänken, einer an den anderen
gelehnt, schnarchend
und träumend:
Männer
ohne alles.

In New York City
wo es kälter wird
und sie nicht einmal vor ihresgleichen
sicher sind, kriechen diese Männer oft
unter Autokühler, trinken das
Frostschutzmittel, wärmen sich auf,
sind dankbar, für ein paar
Minuten. Dann
sterben sie.

Aber das ist eine ältere
Kultur, und eine
die uns voraus ist.
Hier kratzen sie sich
und warten
während am Sunset Boulevard
die Hippies und Yippies
in 50-Dollar-Stiefeln
den Daumen raushalten.

Draußen vor der Mission hörte ich,
wie einer zu seinem Nebenmann sagte:
»John Wayne hat ihn gekriegt.«*

»*Was* hat er gekriegt«, sagte der andere
und warf den Rest seiner Selbstgedrehten
auf die Straße.

Das fand ich doch
ziemlich gut.

* Gemeint ist der »Academy Award« (»Oscar«).

Flinke Killer

Da stehen vier Kerle
vor der Tür, alle
so an die 2 Meter,
und jeder bringt
seine zwei Zentner
auf die Waage. Es sind
flinke Killer.
Kommt rein, sage ich,
und sie kommen rein,
jeder einen Flachmann
in der Hand, und
umringen den alten
Mann – Also du
bist Bukowski, was?
Yeah, ihr gottverdammten
Messerstecher, was
wollt ihr?
Tja, also wir haben grad
kein Auto, und Lee muß
zu diesem Nachtklub da
in Hollywood.
Also los, sag ich.
Wir steigen in meine
Karre, alle besoffen,
und hintendrin sagt
einer: Wir lesen schon
lang dein Zeug, Bukowski.
Und ich sage: Mann, ich
schreib es auch schon
lange.
Wir laden Lee vor dem
Nachtlokal aus, halten
unterwegs nochmal an
und besorgen uns genug
Bier und Zigaretten

um die Stratosphäre
zu sprengen.

Wieder in meiner Bude
angelangt, sitze ich
mit den Killern zusammen
und wir trinken und
rauchen. Irgendwie
ist es erfreulich. Ich
merke, daß ich sie
unter den Tisch trinken
kann, aber mir wird auch
klar, daß meine besten Tage
mit Schlägereien vor
der Haustür vorüber sind.
Diese Hundsknochen werden
immer jünger und größer.
Als bei ihnen der Film
reißt, gebe ich jedem
ein Kissen und eine Decke
und sehe nach, ob alle
Zigaretten aus sind.

Am Morgen hatte ich drei
große lärmende Kinder da.
Zwei von ihnen hörte ich
im Badezimmer würgen.
Eine Stunde später
waren sie alle
fort.

Sie lasen meine Gedichte.
Ich kann nicht sagen,
daß ich sie nicht mochte.

Mein Freund William

Mein Freund William ist ein
glücklicher Mensch, er kann sich
nicht vorstellen, jemals zu leiden,
er hat noch seinen ersten Job,
seine erste Frau,
und kann ein Auto ohne Reparatur
50 000 Meilen fahren.

Er tanzt wie ein Schwan
und hat die schönsten und
leersten Augen
westlich von El Paso.

Sein Garten ist ein Paradies
seine Bügelfalte ist messerscharf
sein Händedruck fest.

Die Leute lieben ihn.

Wenn mein Freund William mal stirbt
dann bestimmt nicht an Wahnsinn
oder Krebs. Er wird schnurstracks
am Teufel vorbei in den
Himmel gehn.

Ihr könnt ihn heute abend auf
der Party sehen, wie er grinst
über seinem Martini, selig
und entzückt, während irgendein Typ
im Badezimmer seine Frau
vögelt.

Die Ratte

Mit einem Schlag, im Alter von
16½ Jahren schlug ich
meinen Vater k.o., einen gewalttätigen
schwitzenden Bastard mit Mundgeruch
und eine Zeitlang ging ich nicht mehr
nach Hause, nur hin und wieder
machte ich einen Versuch
von der lieben Mammi einen
Dollar abzusahnen. Das war
1937 in Los Angeles, und
es war eine höllische
Zeit.

Ich trieb mich mit diesen älteren
Typen herum, für die es auch nicht
viel anders aussah. Die meiste Zeit
blies uns ein rauher Wind ins Gesicht,
wir raubten Tankstellen aus, die
überhaupt kein Geld in der Kasse
hatten, und die Glücklicheren unter uns
arbeiteten zeitweise als Telegrammboten
bei Western Union.

Wir schliefen in gemieteten Zimmern
für die wir die Miete schuldig blieben,
tranken Bier und Wein, ließen die
Rollos unten, verhielten uns still,
sehr still. Und dann
weckten wir das ganze Haus
mit einer Rauferei,
zerschlugen Spiegel und
Stühle und Lampen
und rannten die Treppe runter
ehe die Bullen eintrafen,
diese Söldner der Zukunft.

Wir liefen durch die leeren
hungernden Straßen und Viertel
von Los Angeles, und später
trafen wir uns alle
in Pete's Zimmer wieder,
es war nur ein Verschlag
unter einer Treppe,
da saßen wir, zusammen-
gepfercht, ohne Frauen,
ohne was zu trinken,
während die Reichen an ihrer
großen Auswahl rumtätschelten
und die jungen Girls sie
ließen, die gleichen Girls
die auf unsere Schatten
spuckten, wenn wir vorbei-
gingen. Es war eine
höllische Zeit.

Drei von uns unter der Treppe
kamen im 2. Weltkrieg um.
Ein anderer ist jetzt Manager
einer Matratzenfabrik. Ich
bin 30 Jahre älter, die Stadt
ist vier- oder fünfmal so groß
aber noch genauso verkommen
und die Girls spucken immer noch
auf meinen Schatten. Der nächste
Krieg zeichnet sich ab, aus einem
anderen Grund, und aus dem gleichen
Grund wie damals kann ich auch
jetzt noch kaum Arbeit finden:
Ich weiß nichts, ich kann
nichts.

Sex? Ah, nur die älteren Frauen
klopfen nach Mitternacht an meine
Tür. Ich kann nicht schlafen,
sie sehen, daß noch Licht brennt

und sind neugierig. Immer sind es
ältere Frauen. Ihre Männer
wollen sie nicht mehr haben,
die Kinder sind aus dem Haus,
und wenn sie genug von ihren
Beinen sehen lassen (die bleiben
am längsten schön), gehe ich
mit ihnen ins Bett. Sie bringen
mir Liebe, die älteren Frauen,
und ich rauche ihre Zigaretten
während sie reden, reden, reden,
dann liegen wir wieder flach und
ich bringe ihnen Liebe, und sie
fühlen sich gut und reden
bis die Sonne aufgeht und wir
einschlafen.

Es ist eine traumhafte
Zeit.

Ein 340-Dollar-Pferd
und eine 100-Dollar-Hure

Nicht daß ihr denkt, ich sei ein Poet – ihr
könnt mich jeden Tag auf der Rennbahn sehen,
halb besoffen, wie ich auf Viertelmeiler
wette, auf Traber und Galopper, aber ich
kann euch sagen, da draußen sind ein paar
tolle Weiber, die gehen hin wo das Geld
hingeht, und manchmal, wenn man sich diese
Klubhaus-Nutten ansieht, diese 100-Dollar-Huren,
dann fragt man sich, ob die Natur nicht ab und zu
aus dem Ruder läuft, wenn sie soviel Arsch und
Titte verteilt. Wie das da dranhängt! Man guckt
und guckt und traut seinen Augen nicht. Es gibt
normale Frauen, und es gibt etwas, da möchte man
Bilder von der Wand reißen und Beethoven-Platten
in die Kloschüssel reintreten.
Jedenfalls, die Saison ging dem Ende zu, die
großen Macker brachen ein, die ganzen Amateure,
die Produzenten, die Kameramänner, die Marihuana-
Pusher, die Pelzhändler und die Pelzträgerinnen,
und Saint Louie lief an diesem Tag, ein Traber
der losgaloppierte, wenn er ins Gedränge kam,
er rannte mit gesenktem Kopf, er war finster und
häßlich, seine Wetten standen auf 35:1, und ich
setzte einen Zehner auf ihn.
Der Fahrer nahm ihn weit nach außen, bis raus an
den Zaun, wo er Platz hatte, auch wenn er dadurch
viermal soweit laufen mußte, und so
lief er sein Rennen, die ganze Strecke am Außen-
zaun lang, zwei Meilen statt einer, er wurde
überhaupt nicht müde und siegte, als würde ihn
der Teufel reiten. Und die größte Blondine am
Platz sägte sich mit ihren Kurven an mich ran,
als ich den Gewinn abkassierte, und ging mit.

In der Nacht war sie nicht kleinzukriegen,
obwohl aus den Sprungfedern die Funken schlugen
und an die Wände knallten. Und dann
saß sie da, im Slip, trank Old Grandad und
sagte: Was macht ein Kerl wie du in so einer
Bruchbude?
Ich bin Dichter, sagte ich.
Sie warf ihren sagenhaften Kopf zurück und
lachte. Du? Ein Dichter?
Naja, hast ja recht, sagte ich. Schätze, du
hast recht.
Aber gut fand ich sie trotzdem. Sie sah
auch jetzt noch gut aus.
Das alles und dieses Gedicht
verdanke ich einem häßlichen Gaul.

An eine Lady, die es
nicht gewesen sein will

Natürlich mußt du mich jetzt
für tot erklären. Völlig klar,
daß ich für dich gestorben bin.
Plötzlich ist er da, der Haß
auf meine abgebrochenen Fingernägel, meine schiefgelatschten
Füße, die wüsten Flüche in
der Nacht, als ich auf etwas
geflucht habe, was ich noch
gar nicht ahnen konnte.
Doch nur die Götter können
eine besoffene Rose knicken,
oder ich will's mal so sagen:
Was du hast, könnte ein
Schatten sein, oder eine Wolke,
oder vielleicht bloß eine
Dose Bohnen auf dem Regal.
Ich habe einen kleinen Hund,
der über die Straße trottet
wie ein Idiot und nach
hinten sieht über seine
runden Schultern und sich
fragt, ob ich noch existiere.
Ich habe ein Radio, das meine
Vorhänge mit Musik versengt.
Ich habe Nächte, die mich aus
heiterem Himmel überfallen –
zack, schlagartig ist es finster.
Aber ich habe auch Morgen und
Sonne, gut genug für Vögel,
Spinnen, neue Helden oder
alte Hüte. Und meinen Hund.
Wenn ich mit ihm losziehe,
füllen wir die Gehsteige mit

unseren Schatten, mit dem
schlurfenden Gekicher unserer
Füße, bis ans Ende deines
Mondes, der unsere tote
Sonne ist. Dieser idiotische
kleine Hund. Größer als
die Armeen von Alarich
oder die Arme, die ein
Wrack wie mich eine kurze
Nacht lang hielten.

Rote und goldene Farbe

Also
        ich habe
                    rote Farbe
und
        goldene Farbe
und es gibt nicht viel zu tun
morgens um 3.40 Uhr –
malen
        und trinken
und sich ein paar naheliegende
        Dinge
                    verkneifen.
Da fällt mir ein
        daß ich mir gestern
in der Fabrik etwas aufgeschrieben
        und in die Tasche gesteckt
habe.
        Ich gehe an den Schrank
sehe in meiner Hosentasche nach
und finde
            ein Stück Papier
auf dem steht:
        »Gegen ihre faulen Tricks
        kommst du nur mit Glück an
        und im allgemeinen haben sie
        immer neue Tricks auf Lager.«

Das klingt sehr entmutigend. In den
    Zeitungen steht außerdem
daß zweihundert Mann in Vietnam
    gefallen sind und daß es
morgen vielleicht regnet.

Ich habe hier meine rote und
        goldene Farbe
doch wie Shakespeare schon sagte:

Es ist
        fast immer
                    ein ständiges Rühren
in der alten Scheiße.

Eine Intellektuelle

Sie schreibt
endlos
wie der Strahl
aus einem Feuerwehr-
schlauch, und sie
sucht dauernd Streit.
Ich kann sagen
was ich will, sie
dreht es immer so hin
daß es was ganz anderes
ist. Deshalb sage ich
überhaupt nichts mehr,
und schließlich
diskutiert sie sich
selbst aus der Tür
und sagt etwas wie
»Mußt nicht denken
daß ich dir
imponieren will.«

Doch ich weiß
sie wird zurück-
kommen. Sie
kommen immer
zurück.

Nachmittags um 5
klopfte sie prompt
an meine Tür.

Ich ließ sie
herein.
»Ich werd nicht lange
bleiben«, sagte sie,
»wenn du nicht willst.«

»Schon gut«, sagte ich,
»ich muß eh noch ein
Bad nehmen.«

Sie ging in die Küche
und fing an
abzuwaschen.

Es ist, als sei man
verheiratet. Man
findet sich mit
allem ab und
tut so, als wäre es
nie passiert.

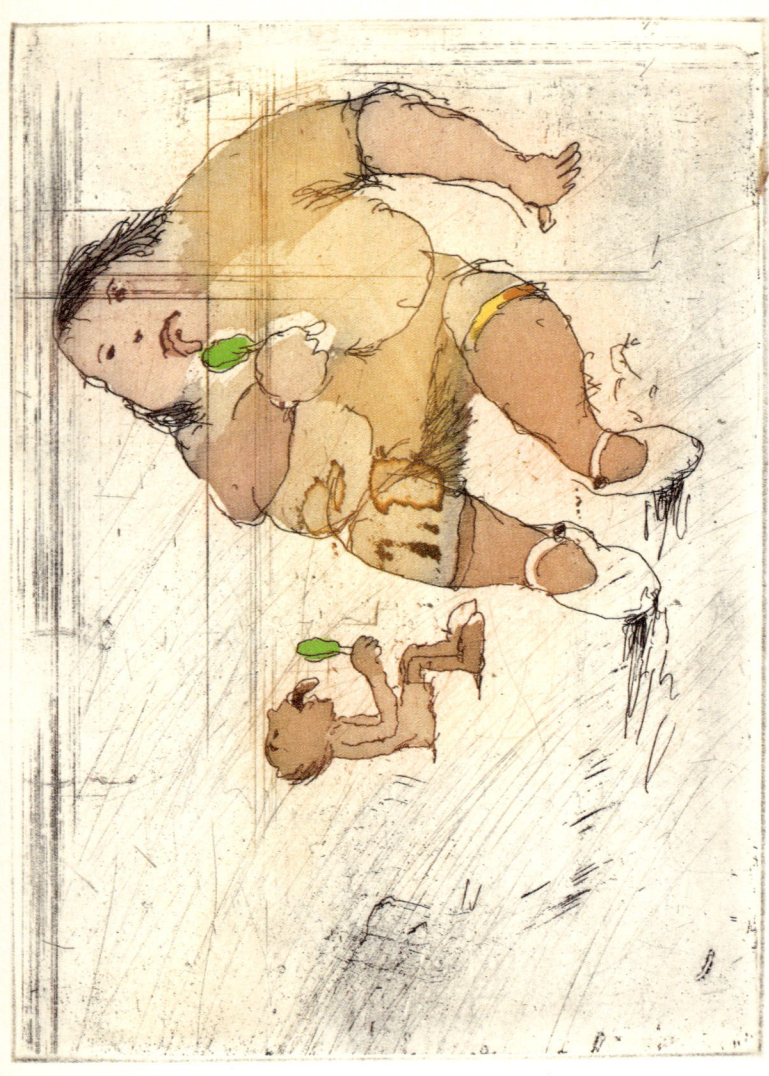

Eisgekühltes Grün

Was ist *das*? Eine alte
Frau, dick, gelbes Kleid,
zerrissene Strümpfe,
sitzt mit einem kleinen
Jungen auf dem Bordstein
um drei Uhr nachmittags
in 39 Grad Hitze. Es hat
etwas Obszönes ...
Sieh sie dir an, sie
sind ruhig, fast
glücklich, sie essen
grünes Eis, und die
roten Rosen leuchten.

Liebe

Liebe? sagte er – Gas
Küß mich zum letztenmal
Küß meine Lippen
Küß mein Haar
Meine Finger
Meine Augen meinen Verstand
Damit ich vergessen kann

Liebe? sagte er – Gas ...

Er hatte ein Zimmer im dritten Stock
War abgeblitzt bei einem Dutzend Frauen
Bei 35 Zeitschriften und
Einem halben Dutzend Arbeitsvermittlungen
Was aber nicht heißen soll, daß er
Ein verkanntes Genie war

Er drehte alle Gashähne auf
Und legte sich aufs Bett

Ein paar Stunden später
Steckte sich jemand
Auf dem Weg zu Zimmer 309
Im Flur eine
Zigarre an

Das Sofa flog aus dem Fenster
Eine Wand fiel in sich zusammen
Wie nasser Sand
Und eine rote Stichflamme schoß
Zwanzig Meter in die Luft

Dem Typ im Bett
Tat es nicht mehr weh
Ihm war es egal

Doch ich würde sagen
An diesem Tag
War er verdammt gut.

Los Angeles

Engel, sie sieht
nichts als Engel
aus ihrem Panorama-
fenster mit Blick
auf den Sunset
Boulevard (sie hat
dauernd solche
Visionen) (im Gegen-
satz zu mir), es wird
wohl daran liegen
daß sich Engel lieber
an Leute mit Geld
hängen, an Töchter
von reichen Farmern
aus Südamerika, die
an Kehlkopfkrebs
sterben.
Ich sehe immer nur
diese flügellosen
Kreaturen, die
nichts Gutes bedeuten,
und sie sagt, wenn ich
ihr die Flitterträume
madig mache: Du willst
mich dauernd an den
Flügeln runter-
ziehen.
Im Sommer geht sie
nach Europa – Italien,
Griechenland, höchst-
wahrscheinlich auch
Paris – und manche
ihrer Engel werden sie
begleiten: Dieser halb
chinesische Boy, der

in Hauseingängen zu
schlafen pflegte, der
schwule Neger, der Schach
spielt und Shelley
auswendig rezitiert,
und Nicky, der echtes
Talent mit dem Pinsel
hat, aber irgendwie
einfach nicht die Kurve
kriegt, und natürlich
Sieberling, der ständig
heult, weil ihm seine
Mutter fehlt.
Viele dieser Engel
werden also aus der
Stadt verschwinden,
sie werden um den
Arc de Triomphe flattern
und sich dabei filmen
lassen oder Jagd auf
Kakerlaken machen im
Beat Hotel, 9 rue
Git-le-Cœur, und es
wird ein heißer
einsamer Sommer werden
für viele von uns, wenn
der Teufel wieder an-
rückt und sich Hollywood
ein weiteres Mal
krallt.

Wahre Geschichte

Sie lasen ihn auf, als er
eine Schnellstraße entlang ging,
vorne ganz rot.
Mit dem Deckel einer
rostigen Blechbüchse
hatte er sich alles
gekappt, als wollte er
sagen: Nach dem,
was ihr aus mir gemacht habt,
könnt ihr auch noch
den Rest haben!

Er hatte sich die Teile
in die Hosentaschen
gesteckt, und so
fanden sie ihn
neben der Straße.

Sie übergaben ihn
den Ärzten. Die
versuchten, die Teile
wieder anzunähen, aber
die Teile waren ganz
zufrieden, so wie sie
waren.

Ich mußte an all die
schönen festen Hinterteile
denken, die den Monstern
der Welt vorbehalten
bleiben.
Vielleicht war es
sein Protest
dagegen,
vielleicht

sein Protest
gegen
alles.

Ein Solo-
Freiheitsmarsch,
nichtmal eine
Spalte wert
zwischen
Konzertkritiken
und Baseball-
ergebnissen.

Gott oder
sonstwer
steh ihm
bei.

Nächtliches Tier

So ein Tier hatte ich
noch nie gesehen, bis auf
einmal vielleicht, aber
das ist wieder eine
andere Geschichte.
Da stand es – kein Löwe
aber auch kein Hund,
kein Hirsch, und doch
so etwas wie ein Hirsch,
Eiskristalle in den
Nüstern, und Augen,
Augen, in denen sich
das ganze Mondlicht fing
das durch die Bäume
sickerte, und überall
schliefen sie, ich war
der einzige, der noch
unterwegs war, ich sah
Stukas über Rio, Kathedralen
erstickt von Seide, die
grauen Würfel von Vegas,
einen van Gogh über der
Küchenspüle.
Zu Hause goß ich mir einen
Drink ein, pellte die
Handschuhe von den Fingern
und dachte: Du verdammtes
Tier, warum konntest du
keine Frau sein, mit all
deiner Schönheit, so eine
wie du ist mir noch nie
begegnet.

»So ein Tier hatte ich noch nie gesehen . . .«

Rezession

Frauen mit Sonnenstich
und ohne Männer
an einem Montag in
Santa Monica. Die
Männer sind alle am
Malochen, oder im Knast,
manche auch in der
Heilanstalt. Ein Girl
in einem Taucheranzug
aus schwarzem Gummi
schwimmt hinaus und
wartet auf eine Welle.
Häuser rutschen von
den Klippen und ver-
schwinden im Meer. Die
Bars sind leer, die
Hummer-Lokale sind
leer, wir haben eine
Rezession, heißt es,
die guten Zeiten sind
vorbei. Man kann einen
Arbeitslosen nicht mehr
von einem Künstler
unterscheiden, sie
sehen alle gleich aus,
und die Frauen sehen
auch alle gleich aus,
nur noch ein bißchen
verzweifelter. Wir
halten vor einem Hippie-
Schuppen oben im Topanga
Canyon, gehen rein,
warten auf die Bedienung,
warten und warten ...
Die ganze Gegend, vom

Canyon bis zum Strand,
ist fickrig und fühlt sich
nutzlos, und hier haben sie
ein Schild an der Tür:
»Zimmer frei. Kellnerinnen
gesucht.« Das Kaminholz
brennt nicht, das Meer
ist verdreckt, die Hügel
verdorrt, die Tempel
haben keine Glocken,
die Liebe kein Bett.
Frauen mit Sonnenstich
und ohne Männer.
Ein einsames Segelboot.
Alles Leben
ertrunken.

Das Leben Borodins

Das nächste Mal, wenn ihr Borodin hört,
denkt daran, daß er eigentlich Chemiker war
und nur komponierte, um sich zu entspannen.
Sein Haus war immer voll von Leuten –
Studenten, Künstler, Trinker, Schnorrer –
und er konnte einfach nie »nein« sagen.
Das nächste Mal, wenn ihr Borodin hört,
denkt daran, daß seine Frau
seine Notenblätter dazu benutzte
um Katzenkörbe auszulegen
oder Sauermilch-Schüsseln abzudecken.
Sie litt an Asthma und Schlaflosigkeit
und gab ihm weichgekochte Eier zu essen,
und wenn er unter die Bettdecke kriechen wollte
um dem Lärm im Haus zu entgehen,
durfte er sich nur mit dem Laken zudecken.
Außerdem lag meistens schon jemand
in seinem Bett.
Sie schliefen getrennt, wenn sie
überhaupt mal schliefen,
und da gewöhnlich alle Stühle besetzt waren
schlief er oft auf der Treppe,
eingewickelt in einen alten Schal.
Sie sagte ihm, wann er sich die Nägel
zu schneiden hatte, er durfte nicht
singen, nicht pfeifen, sich nicht zu viele
Zitronenscheiben in seinen Tee tun oder
mit dem Löffel auspressen.
Symphonie Nr. 2 in h-moll
Fürst Igor
Steppenskizzen aus Mittelasien.
Er konnte nur schlafen, wenn er sich ein
schwarzes Tuch über die Augen legte.
1887 ging er zu einem Ball
der Medizinischen Akademie,

er trug eine farbenfrohe Nationaltracht,
endlich schien er mal richtig froh zu sein,
und als er umfiel, dachten alle
er mache einen Scherz.
Das nächste Mal, wenn ihr Borodin hört,
denkt daran.

40 Grad

September, einen Tag nach dem
Labor Day, 40 Grad in Burbank,
und ich sehe eine Fliege an,
eine kleine braune Fliege
auf einem gelben Vorhang.
Die Mexikaner wären so schlau
an einem Tag wie diesem
unter Bäumen zu schlafen,
doch Amerikaner sind mit
Ehrgeiz geschlagen, sie
werden obsiegen als mächtige
unglückliche Neurotiker.
Meine Steuergelder finanzieren
Bomben, die in diesem Augenblick
auf hungernde Menschen in Asien
abgeworfen werden. Während ich
diese kleine Fliege attackiere
(sie sitzt jetzt nicht mehr
am Vorhang, sondern auf meinem
Ellbogen) – ich hole aus
und schlage daneben, ein
neurotischer Amerikaner.
Die Jungs in den Bombern
sind nette umgängliche Burschen,
sie töten apathisch
mit Ehre und Anstand
ohne Haß. Ich kenne
so einen, er ist jetzt
Professor für amerikanische
Literatur an der Universität
von Oregon, ich habe mich
mehr als einmal mit ihm und
seiner Frau betrunken, und dabei
konnte ich mich davon überzeugen.
Wieder was dazugelernt. Wie
nett. 40 Grad in Burbank,

und während ich hier sitze
passieren allerhand Sachen,
meistens traurige:
verkaterte Mechaniker kriechen
fluchend unter Autos,
betrunkene Zahnärzte ziehen
Zähne und beschweren sich,
glatzköpfige Chirurgen machen
einen Saustall wie bei einer
Notschlachtung, der Herausgeber
von ›Time‹ donnert mit seinem Auto
aus der Garage, nach einem Krach
mit seiner Frau. 40 Grad in
Burbank, über mir jetzt ein
Düsenflugzeug, ich glaube nicht
daß es mich bombardiert, die
Asiaten haben nicht genug
Steuergelder, die einzig
Betuchten von ihnen sind
hier, geben sich als Gurus aus,
sprechen gutes Englisch,
lassen sich graue Vollbärte
wachsen, legen sich ein
unirdisches Lächeln zu,
knöpfen jedem, der Meditieren
lernen will, 4 Dollar Eintritt
für den Tempel ab und pimpern
die Hälfte der intellektuellen
Girls in der Stadt. In Burbank
sind es weiterhin 40 Grad,
und wer überleben soll,
wird überleben, und wer
sterben soll, wird sterben,
und die meisten werden
vertrocknen und wie Kröten
aussehen, die zu Mittag
Hamburger-Sandwiches essen.
Ich weiß nicht, was ich
machen soll. Schickt mir

Geld, zeigt mir den rechten
Weg und seid nett zu mir,
ich möchte es auch gerne
mühelos und unkompliziert
haben, und denkt daran
daß ich nie jemanden
bombardiert habe, ich kann
nicht einmal diese Fliege
killen.

Wie kann Papier nur
so geduldig sein

Ich habe in England gelebt
und ich habe in der Hölle
gelebt, doch wie es scheint
gibt es nichts Schlimmeres
als die neueste Ausgabe einer
Literaturzeitschrift, voll-
gestopft mit den neuesten
literarischen Darlings –
K. ist Dozent in L. geworden,
von M. erscheint jetzt der
zweite Gedichtband, O. hat in
führenden Zeitschriften
veröffentlicht, S. hat ein
Stipendium nach Paris gewonnen.

Und du hältst die Seiten hoch
ans Licht der Deckenlampe
doch es scheint immer noch
nichts durch.

Es ist wirklich ein Rätsel,
ein größeres Rätsel als ein
90:1 Außenseiter, der im
letzten Moment außen am
Geländer durchbricht und
alle stehen läßt.

Ein Pferd kann aufwachen.
Aber ehrlich, wer wird schon
ein Gedicht, das den Namen
verdient, in einer Literaturzeitschrift suchen?

So einfach ist es
weiß Gott nicht.

Wildkatze

Diese fürchterlichen Streitereien.
Doch dann liege ich wieder
friedlich in ihrem großen Bett,
die rosarote Bettwäsche umgibt mich
mit ihrem kühlenden Blumenmuster,
ich liege auf dem Bauch, den
Kopf zur Seite gedreht, während sie
nebenan badet.
Es ist wie mit den meisten
Dingen: Ich verstehe es nicht.
Ich höre klassische Musik aus einem
kleinen Radio, sie badet, ich höre
das Wasser plätschern.

Seepferd

Das hier gehört mir,
Bauch, Klöten, Schweif
und Ohr, jede Faser,
es gehört mir, wie es
dasteht, die Augen
verdreht, Hafer frißt
und im Stehen schläft.

Es gehört mir, dieses
Prachtexemplar, diese
Maschine, wie der blaue
Zug mir gehörte, mit dem
ich einmal spielte, als meine
Hände noch kleiner waren
und mein Verstand besser.

Es gehört mir, dieses Pferd,
und eines Tages werde ich
auf ihm durch die Straßen
reiten, unter Bäumen
den Berg hinauf und
hinunter ins Tal.

Voll drauf, mit blitzenden
Augen und schlenkernden Klöten
werden wir beide traben
an einen Ort, wo Könige
im Gras liegen und auf
Ringelblumen kauen,
ins endlose Meer, wo man
nachdenken kann, ohne daß
einen das Entsetzen packt,
wo Augen nicht erlöschen
wie die Kinder der Samstag-
nacht.

Das Pferd, das mir gehört,
und das Ich, das mir
gehört, wir werden beide
wieder blau werden und
unschuldig und rein,
und ich werde absteigen
und auf euch warten.

Schuhe

Meine Schuhe, allein jetzt
im Wandschrank, gelb wie
Osterglocken, und ihre
sind lange fort, davon-
gegangen durch die Straßen
wie einsame Hunde; eine
halbe Packung Zigaretten
hat sie liegen lassen,
aber das ist kein Trost.
Heute kam ein Brief
von ihr, aus dem Krankenhaus.
Herzliche Grüße, sagt sie,
schreib doch mal. Doch
ich schreibe nicht, ich
versteh mich selber nicht.
Sie schickt mir Fotos
vom Hospital, es sind Luft-
aufnahmen, doch ich
denke zurück an Nächte,
als wir beide dem Tod
noch nicht so nahe waren,
an ihre Stöckelschuhe, die
neben meinen lagen, die
Absätze schlank und spitz
wie Stilette – diese
starken Nächte, wie fremd
und leer sie auf einmal
werden, ein grauer Belag
von Endgültigkeit auf allem,
vorüber, als sei es nie
gewesen. Diese Nächte, wie sie
am Ende gerinnen zu einem
traurigen Stilleben: Einsame
Schuhe in einem Wandschrank,
umweht von schief hängenden

Mänteln und Hemden. Ich
starre durch das dunkle
Loch, das die Tür in der
Wand macht, und ich
kann ihr nichts mehr
schreiben.

Die Muse des Dichters

Da war einer, der machte
tausend Dollar am Tag
in einer Stadt
nicht größer als El Paso,
sprang von einem Taxi ins
andere, pendelte zwischen
Universitäten und Damen-
Clubs.

Na, Scheiße, man kann ihm
keinen Vorwurf machen. Ich
habe für 16 Dollar die Woche
gearbeitet, gekündigt und
einen Monat davon gelebt.

Seine Frau klagt auf Scheidung
sie will 2000 Dollar Unterhalt
die Woche.

Er muß berühmt bleiben
und weitermachen, weiter
reden.

Ich sehe seine Sachen
überall.

Etwas für Ganoven, Nonnen,
Angestellte und dich ...

Wir haben alles, und wir haben nichts
und manche Männer machen es in der Kirche
und manche machen es, indem sie
Schmetterlinge mitten durch reißen
und manche Männer machen es in Palm Springs
mit Blondinen, die Cadillac-Seelen haben.
Cadillacs und Schmetterlinge
nichts und alles
während das Gesicht zur
letzten Faser runterschmilzt
in einem Keller in Corpus Christi.
Es gibt was für Ganoven, Nonnen,
Angestellte und dich ...
etwas um acht Uhr morgens
etwas in der Bibliothek
etwas im Fluß.
Alles und nichts.
Im Schlachthof kommt es
an einem Haken an der Decke lang,
du wuchtest es runter
eins
        zwei
                drei
und dann hast du es auf dem Buckel,
für 200 Dollar totes Fleisch,
seine Knochen auf deinen Knochen –
du hast etwas, und du hast nichts.
Es ist immer früh genug zum Sterben
und es ist immer zu spät. Das
Ochsenblut, das schäumend in den
weiß gekachelten Trog schießt,
sagt dir nichts, und die Totengräber
die sich morgens um fünf mit Kaffee-
trinken und Pokern die Zeit vertreiben

bis der Frost von den Grashalmen taut,
haben dir auch nichts zu sagen.

Wir haben alles, und wir haben nichts.
Glasharte, kantige Tage mit dem unmöglichen
Gestank von Flußmodder, schlimmer als Scheiße;
Schachbrett-Tage mit lustlosen Zügen und
Gegenzügen und so wenig Sinn in allem, daß
ein Sieg so witzlos wie eine Niederlage ist;
Tage, langsam wie Esel, die sich verbraucht
und mißmutig in der sengenden Sonne durch eine
Straße quälen, wo ein Irrer sitzt und wartet
zwischen Rotkehlchen und Zaunkönigen, grau
und leergesaugt wie eine Fliege im Netz.
Auch gute Tage mit Wein und Geschrei, mit
Prügeleien in Gassen, mit Frauen, die
keuchend und stöhnend ihre dicken Beine
um deine Hüften schlingen; Tage, an denen
Reklameschilder in der Stierkampfarena
aufblitzen wie Diamanten und brüllen: »Mother
Capreee!«; Tage, an denen Veilchen aus der
Erde kommen und dir sagen: Vergiß die toten
Armeen und die verflossenen Geliebten, die
dich ausgenommen haben. Tage, wenn Kinder
lustige und brillante Dinge sagen, wie Wilde
die dir eine Nachricht durch ihre Körper
schicken wollen, solange sie noch lebendig
genug sind, um etwas fühlen und ausstrahlen
zu können, sich austoben, ohne einen
Gedanken an Verbote und Lohntüten und Ideale
und Besitz und kleinkarierte Ansichten.
Tage, an denen du von morgens bis abends
weinen kannst in einem grünen Zimmer
hinter verschlossener Tür; Tage, wenn du
über den Bäcker lachen kannst, weil er
so lange Beine hat; Tage, wo du nur noch
die Wand anstarrst ...

Und nichts, und nichts. Die Tage der Bosse,
feige Typen mit Mundgeruch und großen Füßen;

Männer, die wie Frösche, wie Hyänen aussehen
und laufen, als hätte es Rhythmus nie gegeben,
Männer, die es intelligent finden, Leute
zu heuern und zu feuern und Profit zu
machen; Männer, die teure Frauen besitzen
wie 60 Morgen Land, mit Bohrungen durchlöchert,
die man rumzeigt oder dem Schwächeren abjagt;
Männer, die dich killen können, weil sie
wahnsinnig sind und das Gesetz auf ihrer
Seite haben; Männer, die vor zehn Meter
breiten Fenstern stehen und nichts sehen;
Männer, die mit Luxusjachten um die Welt
segeln können, ohne daß sich ihr Horizont
um einen Millimeter erweitert; Männer wie
Schnecken, Männer wie Aale, Männer wie
Maden im Speck und nichtmal so gut ...

Und nichts. Du kriegst deinen letzten Lohn
am Hafen, in einer Fabrik, einem Krankenhaus,
einer Flugzeughalle, auf einem Rummelplatz,
in einem Friseurgeschäft oder sonst einem
Job, den du eh nicht gewollt hast. Du zahlst
mit Steuerabzügen, mit Krankheit und
Demütigungen, mit gebrochenen Armen und
Löchern im Kopf, die ganze Füllung
kommt raus wie bei einem alten Kissen.

Wir haben alles, und wir haben nichts.
Manche machen es eine Weile ganz gut,
dann geben sie auf. Der Erfolg macht sie
kaputt, oder der Ekel, das Alter, mangelhafte
Ernährung, Tinte in den Augen oder
Kinder auf dem College, ein neues Auto, ein
gebrochenes Rückgrat beim Skilaufen in der
Schweiz, eine neue Frau, eine radikale
Umstellung in der Firma, oder einfach
natürlicher Verschleiß und Zerfall. Der Mann,
der gestern noch über die volle Distanz ging
oder drei Tage und Nächte in den Sawtooth

Mountains durchsaufen konnte, ist jetzt
nur noch etwas unter einer Decke oder einem
Kreuz oder einem Stein, oder das Opfer
einer bequemen Illusion, mit einer Bibel,
einer Golftasche oder einem Aktenköfferchen
bewaffnet. Wie schnell sie auf Null sind,
all die Männer, von denen du es nie
erwartet hast ...

Tage wie dieser. Wie dein Tag heute.
Vielleicht klopft der Regen ans Fenster
und will zu dir durch. Was siehst du heute?
Was ist es? Wo bist du? Die besten Tage
kommen manchmal ganz am Anfang, manchmal
in der Mitte und manchmal erst am Ende.
Die Trümmergrundstücke draußen sind
nicht schlecht, Ansichtskarten von Kirchen
in Europa oder Leute im Wachsfiguren-
kabinett, eingefroren in ihrer ganzen
Sterilität. Schaurig, aber nicht schlecht.
Denk an die Kanone im Park, ein Frühstück
mit Toast und Kaffee, heiß genug, damit du
merkst, daß du noch eine Zunge hast. Sieh
dir die drei Geranien vor dem Fenster an
die sich Mühe geben, rot auszusehen oder
rosa oder wie Geranien. Kein Wunder,
daß Frauen manchmal weinen, kein Wunder
daß die Maultiere manchmal nicht den
Berg rauf wollen. Bist du in einem Hotelzimmer in Detroit und suchst nach einer
Zigarette? Nur noch einmal einen guten
Tag haben, wenigstens einen Hauch davon.
Krankenschwestern kommen nach ihrer Schicht
aus dem Gebäude drüben und haben die Nase
voll, acht Krankenschwestern mit ver-
schiedenen Namen und Wohnungen, sie gehen
über den Rasen, manche wollen Kakao und
eine Zeitung, manche wollen ein heißes Bad,
manche wollen einen Mann, manche können

kaum noch an etwas denken. Von allem genug
und nicht genug. Müde Pilger unter Kolonaden,
Orangen, Gossen, Farne, Antikörper, leere
Kleenex-Schachteln.

Manchmal, wenn es die Sonne besonders
gut meint, liegt ein leichter Geruch
von Urnen in der Luft und das blecherne
Geräusch alter Kampfflugzeuge, und
wenn du ins Haus gehst und mit dem Finger
über die Fensterbank streichst, findest du
Schmutz, vielleicht sogar Erde. Und wenn du
aus dem Fenster siehst, ist dort der Tag,
und wenn du alt geworden bist, wirst du
dastehen und hinaussehen, ein bißchen
an deiner Zunge lutschen: Ah, ah ...
nein, nein ... vielleicht ...

Bei manchen wirkt es ganz natürlich,
bei manchen obszön. Es ist überall
dasselbe.

Um ein Haar

Ich halte mich an der
Tischkante fest
Mein Bauch hängt mir
Über den Hosenbund

Mit glasigen Augen
Starre ich den
Lampenschirm an
Der Rauch verzieht sich
Über North Hollywood

Die Jungs legen ihre
Flinten weg und
Heben ihr fischgrünes
Bier

Während ich vornüber
Von der Couch kippe
Und den Teppich küsse
Wie den Pelz einer Möse

So nah dran war ich
Schon lange nicht mehr.

Heiß

Sie war heiß, sie war so heiß
daß ich sie keinem anderen lassen wollte,
und wenn ich nicht rechtzeitig nach
Hause kam, würde sie weg sein, und das
konnte ich nicht verkraften, ich würde
wahnsinnig werden ...
Es war dumm, ich weiß, kindisch,
aber ich hing eben drin, ich hing
voll drin.

Ich trug die ganze Post aus
und dann teilte mich Henderson zur
letzten Briefkastenleerung ein,
das Auto war ein alter Kastenwagen
von der Armee, und das verfluchte Ding
begann auf halber Strecke heiß-
zulaufen, und der Abend zog sich
in die Länge – ich dachte
an meine heiße Miriam, sprang
aus der Karre und wieder rein,
füllte die Postsäcke, der Motor
lief heiß und heißer, die
Temperaturanzeige stand auf Maximum
HEISS HEISS
wie Miriam.

Ich sprang rein und raus, noch drei
Briefkästen, dann konnte ich zurück
zu meinem Wagen, der darauf wartete
mich zu Miriam zu bringen, sie würde
auf meiner blauen Couch sitzen
mit einem Scotch on the rocks, die
Beine übereinandergeschlagen, und
mit dem einen Fuß wippen, wie sie es
immer tat.

Noch zwei Kästen . . .
Der Motor soff mir an einer Ampel ab,
es war die Hölle, bis ich ihn
wieder an hatte – um 8 Uhr
mußte ich zu Hause sein.
8 Uhr war Ultimo für Miriam.

Ich schaffte den letzten Kasten
und die Karre blieb mir an einer
Ampel stehen, einen halben Block
vom Postamt entfernt. Der Motor
wollte nicht mehr, konnte nicht
mehr. Ich zog den Zündschlüssel ab,
machte die Türen dicht und rannte
zum Postamt runter. Ich warf ihnen
die Schlüssel hin . . trug mich aus . . .
»Eure gottverdammte Karre ist
stehen geblieben!« schrie ich.
»An der Ampel, Ecke Pico und
Western!« . . .

Ich rannte meinen Flur hinunter,
steckte den Schlüssel in die Tür,
schloß auf . . . ihr leeres Glas
war da . . . und ein Zettel:

    »dregsak
    ich hab gewatet bis 5 nach acht
    du liebst mich nicht
    du dregsak
    jemand anders wirt mich lieben
    ich hab den ganzen Tag gewatet
                        Miriam«

Ich goß mir einen Drink ein und ließ
Wasser in die Wanne laufen. Es gab
5000 Bars in der Stadt, und 25 davon
würde ich durchmachen auf der
Suche nach Miriam.

Ihr rosaroter Teddybär hatte den
Zettel im Arm. Er lehnte an einem
Sofakissen. Ich gab dem Bär einen
Drink, machte mir selbst
noch einen und stieg
in das heiße Wasser.

Die Girls

Fünf Jahre
lang
habe ich
auf diesen
Lampenschirm
gesehen
ohne daß mir
etwas auf-
gefallen ist.
Es liegt eine Menge
Junggesellenstaub
darauf, und die
Girls, die hier
reinkommen
sind zu
beschäftigt
um ihn
abzuwischen.
Mir ist es egal,
auch ich war bis jetzt
zu beschäftigt
um zu merken
daß das Licht
sehr schlecht
durch den Staub
von fünf guten Jahren
scheint.

Hämorrhoiden-Blues

Da liege ich, platt auf dem Bauch, Hem ist tot,
Shake ist tot, die Fische, die ich gefangen
gegessen und ausgeschieden habe, sind tot,
der Doc rammt mir eine Glasröhre in den Arsch,
sie hat ein kleines Lämpchen vorne dran, und
ich habe einen Kater und brauche ein ärztliches
Attest, das Uncle Sam erklärt, warum ich seit
zwei Tagen den Dienst schwänze, und der Doc
findet sofort die richtige Einstellung: »Hm,
das sieht ja bös aus, die müssen wir Ihnen wohl
rausschneiden ...« Naja, die Weißrussen, wenn
ich mich recht entsinne, schnitten einem Mann
den Bauch auf, griffen sich ein Stück Darm und
nagelten es an einen Baum, und der Mann mußte
so lange um den Baum rennen, bis seine Kutteln
dranhingen wie Lametta an einem Christbaum ...

Er zieht mir die Glasröhre aus dem Arsch, und
ein Stück von mir mit, er hat ein Gesicht wie
eine Walnuß, und wenn seine Sprechstundenhilfe
sich über den Sterilisator beugt (und das tut
sie oft), wirkt ihr Hintern wie ein großes
weiches Kopfkissen oder eine Doughnut mit
Puderzucker, blutleer wie eine weiße Sommer-
wolke, und ich sage: »Doc, hängen Sie mir
nochmal einen Tag dran, ich spür den Schmerz
bis in die Eier.« »Klar«, sagt er. »Ich kenne
eine Menge Jungs vom Postamt, alles prächtige
Burschen ...«

Zu Hause schraube ich den Verschluß von der
Flasche und genehmige mir den ersten ordentlichen
Schluck. Es hat geregnet, während er mich ver-
arztet hat, die Regentropfen, fett von Strontium 90,
sitzen in den winzigen Löchern des Fliegengitters

wie Fruchtfliegen, die unsere Träume abweiden.
Ich splitte die Turfzeitung mit meinem Daumen
und rufe Whitechapel an: »Gib mir 2 querbeet
auf Indian Blood, 5 Sieg auf Lady Fanfare,
5 Platz auf The Rage ...«

Ich lege auf und denke teilnahmsvoll an
Kafka, dem nachts die Beutelratten über die
Haut liefen, die Lady auf der anderen Seite
des Flurs singt ihrem Kanarienvogel etwas vor,
man hat ihre Liebe an- und ausgeknipst wie ein
Feuerzeug oder das Licht im Klo, ein Vogel
ist jetzt ihre letzte Liebe ... So geht es
uns allen, wenn sich nicht mehr viel tut
und man auf einer kleineren Bühne spielen muß.
Ich pinne den Wisch vom Doc an die Wand, an
eines meiner alten Bilder, reibe mir etwas
Salbe hinten rein und gieße mir den nächsten
Drink ein.

Die weißen Dichter

Die weißen Dichter klopfen gewöhnlich
schon früh am Morgen an, klopfen und
klingeln in einer Tour, obwohl
noch alle Jalousien runter sind.
Verkatert stehe ich schließlich auf
und sage mir: Soviel Hartnäckigkeit
muß etwas Gutes zu bedeuten haben,
vielleicht ist es ein Preis
oder eine Frau . . .
»Is ja gut! Is ja gut!« rufe ich
und sehe mich nach etwas um
womit ich meinen häßlichen nackten
Körper bedecken kann.
Manchmal muß ich erst würgen, dann
gurgeln, und vom Gurgeln kommt mirs
erst recht wieder hoch. Ich laß es
gleich ganz sein und geh an die Tür:
»Hallo?«
»Bist du Bukowski?«
»Yeah. Komm rein.«

Wir sitzen da und sehen einander an.
Er, sehr vital und jung,
nach der neuesten Mode gekleidet,
lauter Seide, in allen Farben,
Gesicht wie ein Wiesel –
»Erinnerst dich nicht an mich?«
»Nee.«
»Ich war schon mal hier. Du warst
ziemlich einsilbig. Meine Gedichte
haben dir nicht gefallen.«
»Es gibt allerhand Gründe,
um Gedichte schlecht zu finden.«
»Versuchs mal mit denen da.«
Er drückte sie mir in die Hand.

Sie waren platter als das Papier
auf das sie getippt waren. Da
regte sich rein gar nichts. Totale
Windstille. Ich hatte noch nie
sowas Dürftiges gelesen.

»Ah«, sagte ich, »a-ah.«

»Soll das heißen, die GEFALLEN
dir nicht?«

»Da ist nichts drin. Das ist
wie ein Nachttopf, in dem die
Pisse verdunstet ist.«

Er nahm die Sachen an sich,
stand auf und lief hin und
her. »Hör zu, Bukowski,
ich kann dir ein paar Flittchen
aus Malibu besorgen. Flittchen,
wie du sie noch nie
gesehen hast!«

»O yeah, Baby?« sagte ich.

»Yeah, yeah«, sagte er.

Und rannte aus der
Tür.

Seine Flittchen aus Malibu waren
wie seine Gedichte: Sie kamen nie
an.

Die schwarzen Dichter

Die schwarzen Dichter,
jung,
kommen an meine Tür –
»Bist du Bukowski?«
»Yeah. Kommt rein.«

Sie sitzen da, sehen sich
das verwüstete Zimmer an
und mich.

Sie drücken mir ihre Gedichte
in die Hand. Ich
lese sie.

»Nee«, sage ich und gebe sie
ihnen zurück.

»Die gefallen dir
nicht?«

»Nein.«

»'roi Jones hat uns schon
besucht, in unserm
Workshop ...«

»Ich hasse«, sage ich,
»Workshops.«

»... Leroi Jones, Ray Bradbury,
ne Menge große Namen ... die
fanden das Zeug
gut ...«

»Es sind schlechte Gedichte, Mann.
Die pudern euch bloß den Arsch.«

»Dann gibt's noch diesen berühmten
Drehbuch-Autor. Der hat die ganze
Sache aufgebracht: Watts Writers'
Workshop.«

»Ach Gott, merkt ihr denn *gar nichts*?
Die kitzeln euch alle am Arsch! Ihr
hättet die ganze verfluchte Stadt
abbrennen sollen, wo ihr schon
dabei wart.«

»Du blickst einfach nicht durch
bei den Gedichten . . .«

»Und ob. Gereimtes Zeug, voller
Platitüden. Ihr schreibt schlechte
Gedichte.«

»Hör mal, Motherfucker, ich war schon
im Radio. Von mir sind Sachen
in der ›L. A. Times‹ erschienen!«

»Oh?«

»Ja! Hast *du* schon sowas
gebracht?«

»Nee.«

»Okay, Motherfucker, und das
war noch nicht alles, was du
von mir gesehn hast!«

Vermutlich nicht. Und es wäre
sinnlos, wenn ich euch sage
daß ich nichts gegen

Schwarze habe
denn
irgendwie
wird da die ganze Geschichte
zum Kotzen.

Palmenblätter im Regen

Genau um Mitternacht,
Silvester 1973 in Los
Angeles, fing es an
zu regnen auf die
Palmenblätter vor
meinem Fenster, das
Hupen und Ballern
ging los, es war
ein Höllenlärm.

Ich war schon um neun
ins Bett gegangen,
hatte das Licht aus-
gemacht und die Decke
hochgezogen ...
Ihre Ausgelassenheit, ihre
Fröhlichkeit, ihr Geschrei,
ihre Papierhüte, ihre
Autos, ihre Frauen,
ihre amateurhaften
Besäufnisse ...

In der Silvesternacht
packt mich immer das
Grausen. Das Leben,
denke ich, ist doch kein
Abreißkalender.

Jetzt hat das Hupen
aufgehört. Keine
Feuerwerkskörper mehr,
kein Donnern. In fünf
Minuten war alles vorbei.
Alles, was ich höre,
ist Regen auf Palmen-
blättern, und ich sage mir:

Ich werd die Menschen nie
verstehen. Aber ich habe es
geschafft, mit ihnen zu
leben.

Charles Bukowski

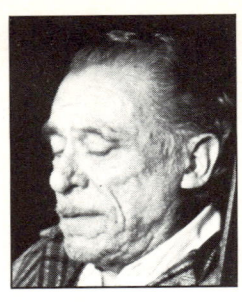

»Es läßt sich heute schon prophezeien, daß
die College-Professoren, die jetzt noch seine Sachen ›vom Blatt‹ pusten, ›als wäre Zi-
garettenasche darauf gefallen‹, einst große
akademische Untersuchungen über den
Bau von Bukowskis Versen anstellen werden.«
                                                    (Karl Corino)«

Charles Bukowski:
Gedichte
die einer schrieb
bevor er
im 8. Stockwerk
aus dem Fenster
sprang

dtv

dtv 1653

Charles Bukowski:
Eintritt frei
Gedichte
1955–1968

dtv

dtv 10234

Charles Bukowski:
Der größte Verlierer
der Welt
Gedichte
1968–1972

dtv

dtv 10267

Charles Bukowski:
Diesseits
und jenseits vom
Mittelstreifen
Gedichte
1972–1977

dtv

dtv 10332

Charles Bukowski:
Gedichte
vom südlichen Ende
der Couch

dtv

dtv 10581

Charles Bukowski

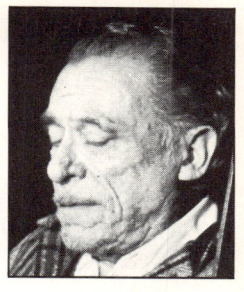

»Seine Sauf- und Liebesgeschichten enthalten mehr Zärtlichkeit als alle glanzpolierten Liebesfilme zusammen.«
(Frankfurter Rundschau)

Charles Bukowski:
Faktotum
Roman

dtv 10104

Charles Bukowski:
Pittsburgh Phil & Co.
Stories vom
verschütteten Leben

dtv 10156

Charles Bukowski:
Ein Profi
Stories vom
verschütteten Leben

dtv 10188

Charles Bukowski:
Der Mann
mit der Ledertasche
Roman

dtv 10410

Charles Bukowski:
Das Schlimmste
kommt noch
oder
Fast eine Jugend
Roman

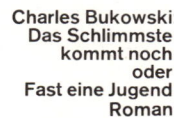
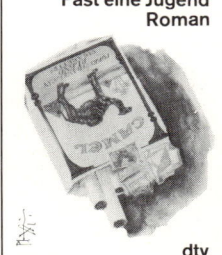

dtv 10538

Botho Strauß

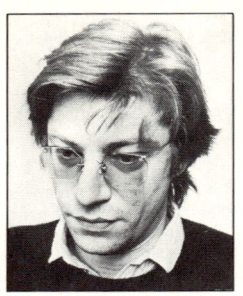

»... ein Erzähler, der für Empfindungen der Liebe
Bilder von einer Eindringlichkeit findet, wie sie in
der zeitgenössischen Literatur ungewöhnlich
sind.« (Rolf Michaelis)

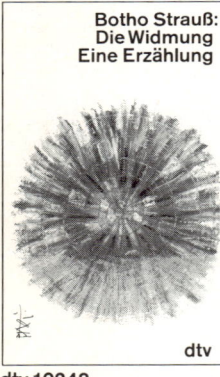

Botho Strauß:
Die Widmung
Eine Erzählung

dtv

dtv 10248

Botho Strauß:
Kalldewey
Farce

dtv

dtv 10346

Marlenes Schwester
Zwei Erzählungen
dtv 6314

Paare, Passanten
dtv 10250

Rumor
Roman
dtv 10488

Die Hypochonder
Bekannte Gesichter,
gemischte Gefühle
Zwei Theaterstücke
dtv 10549

Botho Strauß:
Der Park
Schauspiel

dtv

dtv 10396

Botho Strauß:
Trilogie
des Wiedersehens/
Groß und klein
Zwei Theaterstücke

dtv

dtv 10469

Alois Brandstetter

»Brandstetter manövriert gescheit
zwischen Nostalgie und Ironie, Verständnis
und Zeitkritik, mit genüßlich herbeizitiertem
sachbezogenem Wissen und sentenziös
ausholenden Überlegungen, in deren Form
das Augenzwinkern spürbar, deren Kern
aber durchaus ernst gemeint ist.«
(Neue Zürcher Zeitung)

Alois Brandstetter:
Der Leumund
des Löwen
Geschichten von großen
Tieren und Menschen

dtv

dtv 10021

Alois Brandstetter:
Die Abtei
Roman

dtv

dtv 10218

Alois Brandstetter:
Die Mühle
Roman

dtv

dtv 10296

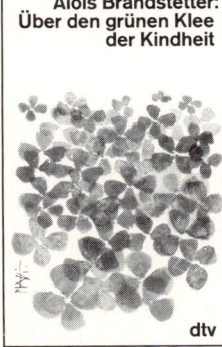

Alois Brandstetter:
Über den grünen Klee
der Kindheit

dtv

dtv 10450

Alois Brandstetter:
Altenehrung
Roman

dtv

dtv 10595

Alois Brandstetter:
Zu Lasten der
Briefträger
Roman

dtv

dtv 10694

Satirische Erzählungen im dtv

Wolfgang Ebert:
Die Kunst
des Angebens
Satiren

dtv

dtv 10418

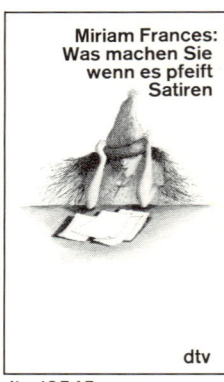

Miriam Frances:
Was machen Sie
wenn es pfeift
Satiren

dtv

dtv 10545

Ephraim Kishon:
Es bleibt in der Familie
Satiren

dtv

dtv 10440

Hans Scheibner:
Scheibnerweise
Satiren

dtv

dtv 10047

Heinrich Böll:
Nicht nur zur
Weihnachtszeit
dtv 350

Wolfgang Ebert:
Der Blattmacher
dtv 10510
Ich war nicht in
Portofino
dtv 10560
Das kleine Tollhaus
dtv 10670

Ephraim Kishon:
Nicht so laut vor Jericho
dtv 989
Der Blaumilchkanal
dtv 993
Salomos Urteil –
zweite Instanz
dtv 1038
Kein Applaus für
Podmanitzki
dtv 1121
Bekenntnisse eines
perfekten Ehemanns
dtv 10496

Sławomir Mrożek:
Das Leben ist schwer
dtv 10480

Hans Scheibner:
Lemminge, Lemminge
dtv 10314
Der Weihnachtsmann
in Nöten
dtv 2583

Hugo Wiener:
Ich erinnere mich nicht
dtv 1340

John Steinbeck

»John Steinbeck ist der glänzendste
Vertreter der leuchtenden Epoche
amerikanischer Literatur zwischen zwei
Weltkriegen.« (Ilja Ehrenburg)

John Steinbeck:
Früchte des Zorns
Roman

dtv 10474

John Steinbeck:
Autobus
auf Seitenwegen
Roman

dtv 10475

John Steinbeck:
Geld bringt Geld
Roman

dtv 10505

John Steinbeck:
Die wilde Flamme
Novelle

dtv 10521

Der rote Pony
und andere
Erzählungen
dtv 10613

Die Straße der
Ölsardinen
dtv 10625

Das Tal des
Himmels
dtv 10675

Die Perle
dtv 10690

Der Mond ging unter
dtv 10702

Tagebuch eines
Romans
dtv 10717

Lyrik im dtv

Charles Bukowski:
Gedichte
die einer schrieb
bevor er
im 8. Stockwerk
aus dem Fenster
sprang

dtv

dtv 1653

Lars Gustafsson:
Die Stille der Welt
vor Bach
Gedichte

dtv

dtv 10299

Wolfgang Bauer:
Das Herz
dtv 6356

Charles Bukowski:
Gedichte 1955-1977
dtv 10234, 10267, 10332

Mascha Kaléko:
In meinen Träumen
läutet es Sturm
dtv 1294
Heute ist morgen
schon gestern
dtv 10102

Sarah Kirsch:
Katzenkopfpflaster
dtv 10506

Günter Kunert:
Warnung vor Spiegeln
dtv 10033

Helmut Lamprecht
(Hrsg.):
Wenn das Eis geht
Ein Lesebuch
zeitgenössischer Lyrik
dtv 10365

Else Lasker-Schüler:
Helles Schlafen –
dunkles Wachen
dtv 1616

Jutta Schutting:
Liebesgedichte
dtv 6346

Dorothee Sölle:
Ich will nicht auf
tausend Messern
gehen
dtv 10651

Albrecht Haushofer:
Moabiter Sonette

dtv

dtv 10099

Ursula Krechel:
Nach Mainz!
Gedichte

dtv
neue reihe

dtv 6344